HELLA S. HAASSE

DES NOUVELLES DE LA MAISON BLEUE

roman traduit du néerlandais
par Annie Kroon

BABEL

Strictly speaking there are no sins of omission in fiction. A novelist can leave out whatever he wishes.

R. Z. SHEPPARD

DES NOUVELLES
DE LA MAISON BLEUE

DU MÊME AUTEUR

Un goût d'amandes amères, Actes Sud, 1988 ; Babel n° 241.
Le Lac noir, Actes Sud, 1991 ; Babel n° 117.
En la forêt de longue attente, Seuil, 1991.
Le Maître de la descente, Actes Sud, 1994.
Une liaison dangereuse, Seuil, 1995.
En transit, Actes Sud, 1995.
Les Seigneurs du thé, Seuil, 1996.
Les Routes de l'imaginaire, Actes Sud, 1996 ; Babel n° 313.
La Ville écarlate, Seuil, 1997.
Le Génie du lieu suivi de *La Gloriette*, Actes Sud, 1998.
La Source cachée, Actes Sud, 1998 ; Babel n° 432.
Locataires et sous-locataires, Actes Sud / Leméac, 1999 ; Babel n° 605.
Des jardins de Bomarzo, Seuil, 2000.
Un long week-end dans les Ardennes, Actes Sud / Leméac, 2001.
Viser les cygnes, Actes Sud / Leméac, 2002.
Les Initiés, Actes Sud / Leméac, 2003.
L'Anneau de la clé, Actes Sud / Leméac, 2004.

Titre original :
Berichten Van Het Blauwe Huis
Editeur original :
Em. Querido's Uitgeverij B. V., Amsterdam

ISBN 2-7427-5150-5

Illustration de couverture :
Félix Vallotton, *Intérieur canapé bleu (La Visite)* (détail), 1899

1

Le destin a tourné avec l'arrivée – le retour provisoire pour être exact – des sœurs Lunius. Nous autres, du vieux quartier résidentiel situé entre le village et le bois, qui avons été témoins de leur venue et de leur départ et (sinon toujours de première main, du moins indirectement) de tout ce qui s'est joué dans l'intervalle et de ce qui en est résulté, nous pourrions, peut-être, contribuer efficacement à une enquête menée sur la disparition de Wandu Meening. Qui sommes-"nous", pour pouvoir le prétendre ? Disons un collectif d'observateurs : des voisins, des passants, la femme de ménage, le plombier, le jardinier. La somme de nos impressions, de ce que chacun de nous a vu et entendu, et de ce que nous avons conjecturé, et même conclu à partir de ces éléments, fournit une quantité d'informations non négligeable. Mais qui possède la capacité de rassembler et d'organiser en un tout cohérent ces données éparses, emmagasinées dans la mémoire de tant de gens ? Des réponses à des questions qui n'ont jamais été posées sont en suspens dans l'air, mais elles restent intangibles comme le brouillard d'hiver qui enveloppe nos jardins, masque les perspectives et donne à notre quartier le caractère fermé qui fait son mystère. Pour celui qui n'habite pas ici, n'est pas d'ici, les allées sinueuses constituent un labyrinthe, quelle que soit la saison ; l'été, ce sont des tunnels de verdure ombreux ; l'hiver, elles sont assombries par les sapins et les pins sylvestres, et les hautes haies de troènes et de houx qui bordent les jardins. Dans notre quartier, les constructions ne sont pas uniformes ; les villas sont aussi diversifiées que leurs architectes ou leurs occupants, et offrent un répertoire de tout ce qui a été à la mode, depuis le tournant du siècle, en matière de gentilhommières : des bâtisses monumentales, décorées de panneaux de faïence art nouveau, avec des vérandas et des serres, des tourelles et des balcons ; de pittoresques toits de chaume pansus, des menuiseries laquées en vert foncé ; des terrasses tirées au cordeau, des murs de verre, des pergolas ; des maisons basses en pierre clôturées de traverses de bois, comme fondues dans le paysage de lande et de futaie.

La villa de la famille Lunius est (ou plutôt était, *car les démolisseurs ont fait leur travail entretemps) la plus grande et, vraisemblablement, la plus ancienne de l'endroit. C'était le grand-père des deux sœurs, un architecte de l'école néoromantique, qui l'avait édifiée aux alentours de 1900. A l'origine, elle se trouvait au cœur du bois, en bordure de la route sablonneuse qui, au siècle dernier, reliait notre village aux communes voisines. Quand, parcelle après parcelle, on eut défriché et construit, et que des allées bitumées se mirent à serpenter entre les buttes, les plans d'eau et les dunes, la maison de Lunius se retrouva progressivement au centre du nouveau quartier. Féerique, elle se dressait au milieu des arbres denses du jardin (le "parc", comme on l'appelait, étant donné l'étendue du terrain) ; féerique, certes, car le toit, composé de différents versants plus petits, était couvert de tuiles vernissées d'un bleu profond. En toutes saisons, le contraste avec le bois environnant était frappant. Jamais la villa de Lunius ne fut appelée autrement que la Maison bleue.*

Les plus âgés d'entre nous se souviennent des sœurs Lunius à l'époque où elles étaient encore petites filles et habitaient la Maison bleue avec leur père, le professeur, et leur mère, l'Argentine. Spontanément, c'est d'abord Félicia qu'on revoit, une madone en miniature, avec son petit visage ovale, un regard qui s'étonnait gravement, une bouche en bouton de rose ; jolie comme un cœur, exotique avec ses yeux et ses cheveux noirs, mais si mignonne, si gracieuse, tous l'adoraient. Nina était une maigriotte, aux cheveux courts et bouclés, qui grimpait aux arbres et escaladait les haies, et passait pour sauvage et rétive, sans qu'on puisse dire qu'elle était un garçon manqué, car elle avait pour cela trop de grâce féline et de coquetterie féminine, quand elle faisait passer dans ses grands yeux sombres aux cils épais toutes les nuances de la langueur au défi. Par son comportement fantasque – elle etait très directe, ce que tous n'appréciaient pas, et avait tendance à inventer des histoires –, elle s'attirait toujours toutes sortes de mésaventures. Les instituteurs, ses camarades d'école, la bonne d'enfants, et Félicia aussi, étaient à chaque fois stupéfaits, choqués ; mais son père, le professeur, et sa mère, l'Argentine, ne pouvaient généralement s'empêcher de rire en apprenant ses équipées et ses inventions. Ce qui nous semblait – et par "nous", il faut ici comprendre les plus âgés de ceux qui, à l'époque, eurent des contacts avec les habitants de la Maison bleue – une parfaite erreur sur le plan éducatif ; mais que pouvait-on espérer d'un savant et d'une étrangère, tous deux comme isolés dans leur propre monde, bien loin de la réalité quotidienne de notre village ?

Mme Lunius était très belle, mince, élégante, ses cheveux de jais coiffés à la Jeanne d'Arc ; elle fumait des cigarettes pastel au bout d'un petit calumet et s'enveloppait, hiver comme été, dans d'élégants châles de soie blanche bordés d'une frange. Au village courait la rumeur qu'elle avait, pour ses pieds menus – une pointure d'enfant – une centaine de paires de chaussures différentes. Parmi les dames du quartier résidentiel, certaines faisaient du tennis et montaient à cheval, femmes modernes et sportives des années vingt, mais aucune ne sortait aussi souvent, n'était aussi "mondaine" que l'Argentine. Elle conduisait sa Buick décapotable pour aller seule à Bruxelles faire du shopping, prit plusieurs fois l'express de Paris ou de Vienne pour assister à des concerts et à des représentations théâtrales, et, chaque année, elle partait en cure – toujours seule – pour un mois : à Wiesbaden, à Vichy ou à Terme Abano. Etait-elle frivole ? Non, ce n'était pas le mot. Fille unique d'Argentins très fortunés propriétaires d'une estancia, elle avait reçu l'éducation d'une princesse, dans les écoles privées les plus chères d'Europe ; elle avait été la débutante étrangère la plus en vue d'une "saison" londonienne, entourée d'une nuée de nobliaux qui tentaient fortune. Elle avait pourtant choisi le professeur. Elle l'avait rencontré en Egypte en visitant un chantier de fouilles où il travaillait comme archéologue.

Laurens Lunius, modeste, peu bavard, savait qu'il faut entourer les choses rares et précieuses de tous les soins requis si l'on veut qu'elles gardent leur perfection. Les habitants du quartier qui ont eu le privilège d'être reçus à la Maison bleue ont toujours été frappés de l'attitude (presque celle d'un chambellan ou d'un page) qu'adoptait le professeur à l'égard de sa femme. Pour la saluer ou prendre congé d'elle en public, il lui baisait la main, geste de courtoisie inhabituel dans nos contrées. Le professeur menait une vie retirée dans l'ancienne remise à calèches située derrière la villa, qui avait été aménagée en bibliothèque et petit musée privé. Nous savions qu'il y écrivait ses livres, en anglais ou en allemand, des ouvrages de référence, reconnus dans le monde entier, dans un domaine aussi éloigné de l'horizon familier des notables et des rentiers du quartier que la Mésopotamie ou le royaume des Parthes pouvaient l'être de notre village historiquement et géographiquement parlant.

Au fil des années, le professeur et son Argentine ont suscité autour de leurs personnes une forme de mythologie. Ceux qui les ont connus, ou du moins les ont approchés, manifestaient, dès qu'il était question de la Maison bleue, un penchant incoercible à ajouter des détails éloquents à l'image transmise par les habitants de la génération précédente. Il est trop tard pour déterminer s'ils reposent sur un fond de vérité. On a dit par exemple que les revenus du professeur, malgré sa renommée internationale, ne lui permettaient pas de partager les habitudes et les passe-temps de sa femme, mais qu'il refusait de vivre à ses crochets ; qu'il n'avait jamais rien accepté d'elle, hormis des pièces pour compléter sa collection d'antiques (le cadeau de mariage qu'elle lui avait fait) et cela, uniquement parce qu'il avait décidé de la léguer, plus tard, à un musée, au nom de son épouse ; qu'il éprouvait pour cette dernière une passion en fait malheureuse car non partagée ; qu'elle rencontrait régulièrement à l'étranger un amant, mais qu'elle restait loyale parce qu'elle savait que son mari était atteint d'un mal incurable. Il y avait aussi une histoire émanant d'un esprit farceur dont le nom s'est perdu, accueillie avec incrédulité par ceux qui l'entendaient et toujours assortie de commentaires ironiques de la part de celui qui la rapportait, à savoir que le professeur avait conquis son Argentine grâce à la magie d'un objet trouvé dans une tombe royale égyptienne (un anneau, un scarabée ?) sur lequel reposait une malédiction ; sa maladie longue et douloureuse, sa mort prématurée auraient été le prix qu'il avait dû payer pour son bonheur. C'est pour le bon ordre des choses que nous mentionnons cette invention d'un goût douteux qui a continué à circuler sous le manteau. Sans doute a-t-elle contribué à maintenir autour de la Maison bleue, même vide et abandonnée, une aura d'intangibilité, comme si de mystérieux influx y étaient à l'œuvre pour toujours.

Nous continuâmes à mener une vie idyllique, dans notre village verdoyant, même dans les années trente, en dépit de la crise économique, en dépit de ce qu'il y avait d'inquiétant dans les nouvelles du monde extérieur, le vrai, celui d'au-delà des frontières, qui parvenaient jusqu'à nous. Comment pourrions-nous jamais oublier le bel été trente-neuf, la luxuriance exceptionnelle des feuillages, l'odeur de l'herbe et des fleurs, les longs jours paresseux. Le boulanger, le laitier et le facteur, et le commis boucher qui venait livrer, faisaient leur tournée dans des rues silencieuses. C'étaient les vacances ; une nuée d'enfants, filles et garçons, s'égaillait à bicyclette, au milieu des *arbres. Les voiliers glissaient sur la rivière, entre les petits ports de plaisance et l'embouchure de ce qui s'appelait encore le Zuiderzee ; tous les courts de tennis étaient occupés jusqu'à la tombée de la nuit. Nous revoyons en pensée les demoiselles Lunius se rendant à une soirée, en robes longues de couleurs claires, avec des capelines blanches sur leur chevelure noire, la discrète Félicia, la pétulante Nina.*

Il est possible que nous idéalisions le dernier été de cette période de l'entre-deux guerres, ce répit, cette trêve (mais en était-ce bien une ?) qui nous a vus naître et grandir, nous, les anciens du quartier. Les photos et les films nous donnent du village et des gens une image incroyablement désuète, naïve, empruntée. Derrière ces clichés noir et blanc ou déjà jaunis, le spectateur d'aujourd'hui voit se lever les problèmes de ces années-là, le chômage, la détresse financière que les habitants de notre quartier résidentiel, eux qui étaient toujours nantis et privilégiés, ne pouvaient ignorer, ne fût-ce que dans leur intérêt.

Le 2 septembre 1939, l'Angleterre et la France déclarèrent la guerre à l'Allemagne d'Hitler. Le lendemain, on inhuma le professeur. Sa mort avait été aussi discrète que sa vie. Depuis un certain temps, il n'avait plus quitté la Maison bleue ; on peut dire que nous nous étions déjà faits à son absence alors qu'il était encore de ce monde. Devant sa tombe, au deuxième rang derrière Mme Lunius et ses filles, nous n'avions pas compris, tant s'en faut, ce qui était en réalité enterré. C'était la fin d'une époque.

Avec une précipitation jugée inconvenante par certains, la veuve, Félicia et Nina partirent pour l'Amérique du Sud. Une noria de camions vint déménager le mobilier mais aussi les milliers de livres et les collections du défunt vers divers lieux de destination : garde-meubles, bibliothèques, musées, salles des ventes ? Personne ne sut les détails. La Maison bleue, fermée, tous volets clos, semblait dormir.

En 1941, elle fut réquisitionnée par l'occupant et transformée en Ortskommandantur. *Comme on pouvait s'y attendre, on découvrit, à la Libération, que les panneaux décoratifs, les miroirs, les stucs et le marbre avaient été sérieusement endommagés et souillés. Quand la situation commença à se décanter, nos pensées se tournèrent vers Mme Lunius et ses filles. La veuve du professeur était toujours la propriétaire des lieux ; par l'intermédiaire d'un agent d'affaires, elle avait pris contact avec la municipalité et mettait à sa disposition la Maison bleue. Retapée provisoirement, la bâtisse servit successivement d'agence de distribution, de bureau de placement, de centre d'accueil. Puis elle resta vide pendant une longue période. L'allée carrossable ainsi que la pelouse devant la maison furent entretenues par la municipalité, mais le "parc" fut laissé à l'abandon. La Maison bleue avait été pendant si longtemps le centre de notre quartier et une curiosité architecturale de notre village que personne ne voulait envisager la possibilité d'une dégradation et encore moins d'une démolition. Nous attendions des développements favorables pour la Maison bleue. Que voulait la propriétaire ?*

Chacun avait son mot à dire sur le sujet. La belle Argentine s'était remariée, avec un compatriote cette fois, qui était riche et influent mais doté d'une famille extrêmement conservatrice, aux opinions politiques réactionnaires ; les filles Lunius qui avaient grandi sans contraintes se *sentirent très malheureuses dans ce milieu. De ce fait, avant même la fin de la guerre, Félicia s'était empressée d'épouser un diplomate néerlandais dont elle avait fait la connaissance à Buenos Aires, et elle était partie à l'étranger. Quant à Nina, dès qu'elle eut atteint sa majorité, elle quitta la maison de son beau-père ; pendant longtemps, personne ne sut ce qu'elle était devenue, et puis des rumeurs commencèrent à courir sur son compte : elle s'était engagée dans une troupe de gitans, elle chantait et dansait dans un spectacle de flamenco, elle faisait du journalisme, elle publiait des articles, elle participait à des meetings, elle avait enfin été déclarée* persona non grata *en Argentine en raison de son soutien retentissant aux Folles de la plaza de Mayo*. Il ne s'agissait que de rumeurs, mais : pas de fumée sans feu. Au fil des années, ces mêmes histoires revinrent si régulièrement, et à chaque fois, en provenance d'une source différente, que nous imaginions Nina comme un personnage de film ou de roman, une Carmencita des pampas.*

La maison au toit bleu était donc une partie de notre réalité, un élément indispensable du paysage. Nous nous accommodions des volets clos, des peintures écaillées et de la jungle environnante, et nous nous réjouissions que les tentatives de la municipalité pour acquérir la propriété (en liaison avec des plans de rénovation imprécis) soient restées infructueuses. Dans les années soixante et soixante-dix, la maison a joué un rôle dans les rêves et l'imagination d'innombrables enfants du quartier. Ceux d'entre nous

* En espagnol dans le texte : "la place de Mai", *passim*. (Toutes les notes sont de la traductrice.)

qui étaient alors à l'école primaire ou au lycée peuvent en parler. Nous nous faufilions par des trous de la haie, nous nous cachions dans les épais buissons et nous bâtissions des nids de brigands dans les arbres, surtout dans celui, sans doute séculaire, dont les branches largement déployées se redressaient comme un ressort quand nous nous y suspendions en pesant de tout notre poids. De petits téméraires finissaient tôt ou tard par grimper, le long de la gouttière, en s'agrippant à la vigne vierge ou aux saillies ornementales de la façade, sur les moins hauts et les moins pentus des versants de la toiture, à leurs risques et périls, car les tuiles étaient glissantes et certaines se détachaient. Le "parc" était par excellence le rendez-vous des amoureux. S'approcher subrepticement des couples en train de flirter restait un jeu captivant jusqu'au jour où nous entrions nous-mêmes dans la phase où rien ne nous paraissait plus excitant que la solitude à deux dans les hautes herbes des fourrés. Un jour, un jeune couple a découvert un moyen d'entrer dans la maison ; comment a-t-il fait, de qui s'agissait-il, personne n'en sait rien ; les jeunes gens ont dû camper plusieurs jours de suite dans la maison, à en juger par les bouteilles vides, les concrétions fantasmagoriques des bougies liquéfiées, les restes de nourriture, et le lit, fait d'un matelas et de vieux rideaux, recouvert de fleurs séchées. C'est surtout ce détail qui a occupé les esprits au village, a titillé l'imagination, non seulement en raison du rituel amoureux romantique, qui semblait s'être déroulé à la Maison bleue, mais aussi parce qu'un tabou avait été transgressé. Rétrospectivement, cette "effraction", découverte par hasard et jamais élucidée, prit un caractère prémonitoire ; car peu de temps après, notre journal local, Le Messager, *nous apprit la mort de l'Argentine : un nom étranger que personne n'a retenu, avec en dessous, en lettres minuscules, "veuve du professeur Laurens Lunius".*

La municipalité aurait volontiers acheté la maison tout de suite, mais les filles Lunius firent savoir qu'elles préféraient la louer. Les coûts exorbitants qu'entraîna la réhabilitation de la villa longtemps négligée formèrent pendant de nombreux mois un sujet inépuisable de conversations dans notre quartier. Pour la restauration et la rénovation des sanitaires, des sols, des boiseries et du reste, on fit appel à des artisans locaux, un geste qui fut apprécié au village. Un notaire loua la villa pour y installer son étude et son domicile privé, à la condition qu'il n'ait pas à entretenir le "parc". L'agent d'affaires des héritières mit alors en vente deux parcelles de ce qui était une jungle, à savoir la remise à calèches et le sol attenant, ainsi qu'un grand terrain boisé. Nous autres, dans le quartier, redoutions déjà que les rumeurs de plus en plus précises ne se concrétisent, à savoir qu'il y aurait là un restaurant, avec minigolf et courts de tennis. Au conseil municipal, ce projet semblait avoir de nombreux partisans. Le cœur du village, modernisé et économiquement florissant, lancerait ainsi une jeune pousse en direction de notre quartier aux vertes allées, jusqu'alors refermé sur lui-même.

Nous fûmes nombreux à respirer de nouveau, quand la remise à calèches fut achetée pour finir par Diederik Meening, un enfant du pays, l'un des nôtres, au courant de nos traditions et pourtant moderne, un ingénieur chimiste plein d'avenir. La relève semblait assurée : la petite fille de Diederik jouait dans les fourrés où Diederik *et ses camarades de classe avaient vécu leurs aventures. Wanda Meening, elle-même originaire de la Randstad*, semblait, avec ses longs cheveux flottant sur les épaules et ses vêtements aux couleurs gaies, une jeune femme à la sensibilité artistique, capable d'aménager avec goût le vieux pavillon (qui, en raison de son toit émaillé couleur d'azur, semblait une réplique en miniature de la Maison bleue). Rétrospectivement, il semble que sur ce point nous nous soyons trompés. Pauvre Wanda ! Quoique... rien ne permet encore de dire avec certitude si elle est à plaindre ou à condamner. Elle est partie et n'est pas revenue. Dans quelle mesure la responsabilité des sœurs Lunius est-elle engagée ? Là est la question.*

Nous compatissons tous avec le désarroi de Diederik qui fait peine à voir. L'édifice en ruine de la Maison bleue, qui ne cesse de réduire de volume (on a commencé à déblayer les gravats), lui rappelle chaque jour ce qui est détruit dans sa vie. Lenny, leur fille, a été recueillie par les voisins. Le fait que la parcelle boisée ait été achetée il y a sept ans par un couple dont la femme, une fille de notre village, a été à l'école avec Diederik, peut s'appeler une heureuse coïncidence. Quoi qu'on puisse dire de Nora Munt, née Bloemcamp – et, certes, il y aurait des choses à dire, beaucoup de gens ne l'aiment pas –, en tous cas, on ne peut lui reprocher de ne pas être une mère dévouée et une remarquable maîtresse de maison. Son jardin, bien que dissimulé derrière une haie et ouvert à peu de gens, est la gloire de notre quartier. Des photos de ses parterres fleuris

* Randstad : terme néerlandais désignant la conurbation de l'Ouest des Pays-Bas, formée principalement des trois villes Amsterdam, La Haye, Rotterdam.

ont paru dans un numéro de Maisons et Jardins. *Ceux d'entre nous qui viendront un jour habiter un appartement de la résidence avec services (à construire prochainement sur le terrain où était située la Maison bleue ; il semblerait que le nom soit conservé) auront vue sur le célébrissime parterre de fleurs à l'arrière du bungalow des Munt.*

Notre village a connu bien des changements, mais sur un point il est resté tel qu'en lui-même : la relation entre notre vie quotidienne ici, dans la verdure, et les grands événements du monde, ce constant et inéluctable enchaînement de métamorphoses. Nous y avons part mais nous en sommes à peine conscients et nous n'en avons pas l'expérience directe. Les bombardements, les inondations, les cyclones, les tremblements de terre, les guerres civiles, les famines se présentent chaque jour sur les écrans de nos téléviseurs comme d'éphémères images en couleurs, ou d'une manière encore plus abstraite, dans les colonnes des journaux que nous lisons. Les leaders et leurs régimes arrivent et disparaissent dans de lointains pays, les politiciens se disputent, les foules brandissent le poing ou des banderoles, font de leurs doigts le V de la victoire ; des fusées explosent sous nos yeux au moment de leur lancement, mais rien de tout cela ne nous distrait de notre petit ménage ou de la vue que nous avons sur notre jardin avant ou arrière ; notre réalité est tissée de menues choses et de relations humaines, tout comme autrefois, il y a cinquante ans, quand les sœurs Lunius étaient petites filles dans la Maison bleue. Peut-être quand le notaire a quitté les lieux, auraient-elles dû régler, sans se montrer, comme elles l'avaient déjà fait, sans être présentes, la transaction avec la Fondation qui allait exploiter la résidence avec services. Peut-être auraient-elles mieux fait de ne jamais revenir.

Sommes-nous suffisamment informés ? Quelque chose a-t-il échappé à notre attention ? Bien que notre potentiel d'observation collective soit comme un être invisible (sans âge ou rassemblant tous les âges) tout yeux et tout oreilles, et étendant d'innombrables tentacules dans le quartier résidentiel et jusqu'au cœur du village, partout où nous nous rencontrons et nous passons, et même au sein de nos maisons et de nos jardins, pourtant subsistent des murs infranchissables, des îlots d'intimité auxquels nous n'avons pas accès, et dans les allées et les rues commerçantes, dans les sentiers du bois et sur les bancs du parc, il y a des conversations que nous ne pouvons pas entendre. Et que dire des sentiments et des pensées d'autrui, qui restent totalement impénétrables ! Mais que nous importent les choses qui se passent derrière notre dos ? Dans le cours normal du quotidien tel que nous le vivons ici, notre méthode donne toute satisfaction. Ainsi nous construisons un cadre, un réseau qui assure la cohérence et l'intelligibilité des événements et de leurs développements. Ce que nous estimons savoir, nos hypothèses, le résultat de nos déductions et de nos recoupements s'y intègrent également. Seulement : où finissent la vérité, la vraisemblance, où commence l'imaginaire ? Il n'y a que les romanciers pour se flatter d'être à la fois omniprésents et invisibles.

2

Les sœurs Lunius arrivèrent par un jour de printemps, au début de mai : la jeune frondaison des feuillus, laissant filtrer les rayons du soleil, formait un fond d'un vert doré pour les sapins et les conifères. Le taxi glissa sur l'allée et s'arrêta devant le perron.

La première à descendre fut Nina. Que ce fût elle, un observateur à l'œil averti – qui se serait trouvé à proximité – pouvait le déduire, à voir comment elle grimpa les marches plus en sautant qu'en marchant, comment, une fois sur le perron, elle se retourna, ouvrit largement les bras, et, la tête renversée, poussa un grand éclat de rire. Un imperméable à l'impression panthère se gonflait autour d'elle comme une voile, ses mèches d'un rouge orangé papillonnaient au vent.

“Félicia !” lança-t-elle, en agitant la main à l'adresse de sa sœur qui descendait du taxi aidée par le chauffeur.

Félicia gravit les marches dignement. Elle tenait un mouchoir pressé contre ses lèvres, tout en levant les yeux vers les fenêtres, comme si les ombres de chers disparus devaient s'y profiler. Pendant ce temps, la gouvernante engagée par l'agent d'affaires avait ouvert la porte. Nina passa devant elle sans lui prêter attention et se rua dans le vestibule, mais Félicia lui serra la main et se laissa débarrasser de son manteau. Le chauffeur entra avec les valises.

Dans les pièces du rez-de-chaussée, le claquement des talons de bottes sur le parquet se rapprocha.

“Mais quel désert ! dit Nina, en sortant de ce qui avait été autrefois le salon. Il n'y a plus rien !”

"Tu le savais bien. Tu ne t'attendais tout de même pas à retrouver quelque chose ici ?" répondit calmement Félicia, avec un sourire d'excuse à l'adresse de la gouvernante.

Cette dernière était déjà fixée sur les sœurs Lunius : elle savait de laquelle des deux elle souhaitait recevoir ses ordres à l'avenir. Elle retourna à Félicia un regard plein de compréhension, et tendit la main vers la peau de félin en nylon qui glissait des épaules de Nina. "Les pièces aménagées pour vous au premier étage sont très agréables, vous verrez."

Passant les dix doigts dans ses cheveux, Nina regarda sa sœur dans la glace du couloir. "Oui, je sais. Tu as tout pris quand maman est morte."

"Tss-tss, pas de vulgarité", murmura Félicia. Elle se tourna vers le chauffeur. "Auriez-vous l'amabilité de nous porter nos bagages un étage plus haut ?"

Même sans le sourire qui l'en priait si gentiment, il l'aurait fait pour la fragile personne, une vraie dame, celle-là, il n'y avait pas à s'y tromper. Il attendit au pied de l'escalier, jusqu'à ce qu'elle soit montée, avec l'autre, la gouvernante ouvrant la marche.

"Nina, dit Félicia, sur les talons de sa sœur, tu étais d'accord, tu me l'as écrit à ce moment-là. Il y a si longtemps. Tu n'en avais pas l'utilité, toi avec la vie que tu menais..."

"*Sí, sí, soy diferente** ! plaisanta Nina. Que ferait une gitane avec des meubles d'époque ? Il y a si longtemps, tu as raison."

Pendant ce temps, à l'étage, la gouvernante avait ouvert un certain nombre de portes sur de grandes pièces lumineuses dont la clarté se

* En espagnol dans le texte : "Oui, oui, je suis différente !"

répandit à flots dans le corridor. Pour compléter et égayer le mobilier d'emprunt, hétéroclite, en partie laissé par le notaire, un décorateur local s'était livré à une débauche de tentures et de coussins en cretonne aux couleurs vives, à une profusion de carpettes, guéridons et lampes d'ambiance.

Fichée dans un bouquet de fleurs printanières, une carte souhaitait la bienvenue aux dames F. Van Wicke-Lunius et N. Lunius, au nom de l'agent d'affaires et annonçait sa visite prochaine, dans la semaine. Dans un coin du salon trônait une corbeille enrubannée qui, outre une azalée en fleur, contenait un assortiment de produits fins – principalement des bouteilles de xérès. Sur un morceau de bristol fixé à l'anse de la corbeille, on pouvait lire en lettres majuscules OLÉ LA SANGLAR ! Nina fit une grimace de contentement en découvrant le cadeau et envoya un baiser du bout des doigts. Sans daigner jeter un coup d'œil à l'ameublement, elle quitta le salon. Suivant la gouvernante, Félicia fit l'inspection des pièces destinées à être occupées.

"J'ai mis des radiateurs électriques, dit celle-ci, avec un coup d'œil soucieux à la mine pâle de Félicia. Le chauffage central n'a pas servi depuis deux ans, Madame. Si vous restez là cet hiver…"

"En aucun cas ! Tout au plus jusqu'à fin septembre. Ah oui ! bien sûr…" Félicia se retourna vers le chauffeur de taxi qui avait déposé les bagages dans le corridor et ouvrit son sac à main. Pendant qu'elle réglait la note, la gouvernante sortit dans le couloir pour voir où était passée la rousse. Voyez-moi ça ! pensait-elle, des bottes vernies avec des talons aiguilles, les cheveux teints, et la soixantaine au moins ! Et cet accent bizarre. Non, prenez plutôt Mme Van Wicke, la veuve d'un diplomate, ce n'est pas non plus une jeunesse, mais très comme il faut, soignée, dans un gris élégant. Elle entendit un drôle de remue-ménage à l'étage supérieur, ce qui la contraria car, précisément, elle n'avait pas fait nettoyer là-haut, dans toutes ces pièces vides.

"Nina ! appela Félicia, qui arrivait. Où es-tu ?"

En l'absence de réponse, elle grimpa à son tour l'escalier.

"Ne voulez-vous pas d'abord prendre une tasse de thé ?" demanda la gouvernante, se désolant de la découverte désormais inéluctable des planchers poussiéreux et des vitres sales, mais Félicia ne pouvait plus l'entendre.

Nina se trouvait dans l'encorbellement qui donnait sur le jardin arrière.

"Je prends la nursery", dit-elle, sans tourner la tête, en désignant d'un moulinet du bras la grande pièce vide derrière elle.

"Mais tout est prêt au premier étage !"

"Et alors ?" Nina remonta la vitre à guillotine et se pencha au-dehors. "Ils ont coupé l'arbre-cheval. Mais qu'est devenu notre parc ?"

"Nina, tu ne peux pas exiger de Mlle Mees qu'elle aménage en plus cette pièce pour toi. Cette brave femme avait tout préparé si soigneusement…"

"Est-ce que quelqu'un m'a demandé où je voulais loger ? Non. Des années, j'ai rêvé de dormir encore une fois dans cette chambre. Et c'est ce que je vais faire."

"Nina…"

"Oh, basta !" Nina s'assit sur le rebord de la fenêtre et entreprit d'enlever ses bottes, ce qui n'était pas une mince affaire. Elle commença par faire glisser le talon en poussant du bout d'un pied sur le contrefort de l'autre pied, puis, avec mille contorsions, elle s'extirpa des tiges étroites, moulantes comme une seconde peau. Elle ne demanda pas qu'on l'aide et Félicia n'y songeait pas.

"Attention, ne tombe pas !..." dit-elle, d'un ton soucieux.

Nina éclata de rire. "Tu dis «Ne tombe pas !» et tu penses «Tombe raide !»."

Félicia lança à sa sœur un regard appuyé où se lisait de l'effarement. Puis elle se détourna et quitta la chambre. D'un coup de pied, Nina envoya valser les bottes et se mit à masser ses orteils meurtris. Elle jura entre ses dents.

L'enfant qu'elle avait été se libéra d'elle et, en bas blancs, comme jadis, se mit à faire des glissades sur le parquet. Du rebord de la fenêtre, la Nina d'aujourd'hui suivait ces cabrioles en imagination. La plante des pieds lui fourmillait comme autrefois quand elle avait frôlé la chute. Des mouchetures de lumière tremblotaient sur les murs à la tapisserie fanée, avec des rayures vagues et des zones oblongues aux contours un peu plus nets à l'emplacement des armoires du notaire.

L'enfant Nina se tenait à croupetons près de la porte à moitié ouverte, la joue appuyée contre le chambranle. Dans quel but ? Eh bien, par exemple, attendre que les échos de la leçon de piano se soient tus, en bas, et alors faire peur à Félicia, qui se laissait prendre à chaque fois, avec des cris de Peaux-Rouges ou des hurlements de fantômes ? Ou peut-être, dans l'espoir de voir monter sa mère pour l'une des rares visites qu'elle effectuait à l'étage que les sœurs occupaient avec leur "bonne" – après son départ, la chambre d'enfants serait pleine du parfum mystérieusement amer émanant du châle de soie frangé qui ondoyait avec ses mouvements, la seule chose douce dans sa personne, qui, des souliers à hauts talons aux cheveux d'un noir laqué, paraissait mince et polie, coulée dans un métal précieux, dur et brillant.

L'enfant Nina savait que les louanges adressées à Félicia reflétaient un sentiment de satisfaction que leur mère jugeait naturel, et que les remontrances et les avertissements qui lui étaient adressés à elle, Nina, servaient à donner corps à une affinité beaucoup plus essentielle, mais primitive, irraisonnée. Une gifle, administrée de la petite main singulièrement dure de sa mère, n'était jamais vraiment douloureuse ou humiliante, parce qu'il y avait un rire dans les yeux noirs, dans les fossettes, aux coins des lèvres. Cette secrète connivence avait blindé l'enfant dans toutes les circonstances de ce qui ne pouvait pas malgré tout s'appeler une vie familiale normale. Plus elle s'éloignait de son enfance, plus le village de Hollande était devenu pour Nina un lieu magique, avec pour cœur la Maison bleue. Enfant, elle avait fantasmé sur les gauchos et la pampa du pays maternel ("l'arbre-cheval" du parc devait son nom aux chevauchées fougueuses qu'elle accomplissait sur les branches les plus basses agitées par le vent). Mais en Argentine, et ailleurs en Amérique du Sud, ses rêves avaient été remplis de prairies d'un vert rafraîchissant, de bruyère et de conifères, et du toit bleu émergeant des frondaisons estivales ou du brouillard d'hiver, comme une enluminure médiévale rehaussée de lapis-lazuli. A l'exception de cette maison où elle avait grandi, elle n'avait jamais eu de domicile à elle.

Maintenant seulement, après toute une vie, elle comprenait la force de ces impressions précoces. Elle prit son sac, posé à côté d'elle sur le rebord de la fenêtre, et en sortit un morceau de papier. Dans le train, pendant le voyage, elle avait lu un article dédié à un écrivain ou à un philosophe dont elle n'avait jamais entendu parler. Quelques lignes l'avaient frappée parce que s'y trouvaient exprimés les sentiments complexes qu'elle éprouvait depuis qu'elle savait qu'elle allait passer quelques mois à la Maison bleue – à la fois retour et adieu définitif. Elle lissa de la main le papier froissé, grossièrement déchiré du journal : "On ne peut jamais retrouver un lieu d'autrefois, ou revivre un état antérieur. Il y a eu un jour un état de bonheur parfait qu'au fil du temps on ne cesse de perdre et d'oublier. Pourtant, on persiste à croire qu'il est enfoui quelque part dans le passé et qu'il peut être retrouvé."

Au moment où elle voulait fermer la fenêtre, Nina vit bouger quelque chose entre les buissons qui séparaient le terrain appartenant à la Maison bleue des jardins de la remise et du bungalow. Elle eut un instant l'illusion que c'était elle-même qui était là, en bas, de nouveau un ancien "moi" : des cheveux bruns courts et bouclés, de grands yeux qui s'écarquillaient en direction de la nursery. Qu'elle fût, sous sa forme actuelle, la cible de ce regard avide lui donna de nouveau l'impression de revivre quelque chose qu'elle avait déjà vécu, mais dans le rôle inverse. Ainsi, plus d'un demi-siècle auparavant, avait-elle pressenti, entrevu comme dans une illumination, l'état qui était son lot aujourd'hui : une ombre à la fois reconnaissable et étrangère. Se pendant à une branche de l'arbre-cheval, accroupie sous les buissons, elle avait fixé une silhouette solitaire, visible pour elle seule, à la fenêtre de l'encorbellement. Le temps venait-il de s'arrêter pour de bon, était-ce l'instant où se fondaient hier et aujourd'hui ? Elle se pencha et leva la main pour dire bonjour, geste auquel répondit sur-le-champ un salut exubérant.

La personne qui sortit des buissons n'était pas un enfant, mais une jeune femme, de petite taille, et – à l'exception de la coiffure et de l'intensité du regard – en tout point différente de ce qu'avait été Nina.

Il était clair que l'intruse n'avait besoin que d'un encouragement minime pour se transformer en visiteuse. Nina fit un pas en arrière et referma la fenêtre.

3

Wanda Meening écarta les buissons et enjamba le grillage bas qui séparait le jardin de la Maison bleue du sien. Elle se trouvait de nouveau sur son propre terrain.

En un certain sens, elle était satisfaite (elle avait établi, ne fût-ce que de loin, un premier contact avec Nina Sanglar), mais ce succès provisoire avait aussi éveillé son impatience. Elle aurait voulu traverser le jardin, entrer dans la Maison bleue pour s'y présenter. En fait, elle avait espéré que la silhouette, là-haut, dans l'encorbellement, lui aurait fait un signe, l'aurait invitée à approcher. Ç'aurait été beaucoup plus simple ! Il lui fallait de nouveau patienter !

Maintenant qu'elle pensait savoir ce qu'elle voulait, tout délai lui semblait de plus en plus insupportable. Depuis toujours, elle avait dans la poitrine un sentiment qu'elle se définissait à elle-même comme "un noyau ardent" ; elle voulait quelque chose, mais ne savait pas quoi. Il y avait, quelque part, un but, mais elle ne s'y dirigeait pas d'elle-même, elle était beaucoup plus aspirée vers lui, comme un confetti dans un tourbillon, et cette idée l'inquiétait, l'irritait contre elle-même et contre le monde. Elle voulait maîtriser son sort, elle voulait la puissance.

Wanda Meening croyait qu'elle était née pour accomplir de grandes choses, grâce à une force inconnue qui sommeillait encore en elle. Cette conviction n'avait rien à voir avec la religion ou la politique ; la première ne signifiait rien pour elle, l'autre ne l'intéressait pas. Elle rêvait quelquefois qu'elle sortait de l'obscurité et arrivait dans une pièce brillamment éclairée où des centaines de visages se levaient vers elle, pleins d'attente. Dans d'autres rêves, qui revenaient souvent, elle devait arracher de sa bouche quelque chose de noir qui menaçait de l'étouffer ; quand elle s'en était libérée, la chose se muait en formes qui s'envolaient en battant des ailes : oiseaux ou papillons. Wanda interprétait ces images à sa manière : sa vocation n'était pas de rester dans sa famille, auprès de son mari et de son enfant, elle devait suivre une autre voie et révéler au monde sa personnalité encore secrète, prisonnière. Pour donner corps à ce qui l'habitait, de telle sorte qu'elle puisse enfin reconnaître et savoir elle-même ce qu'était sa mission, elle avait besoin d'un instrument, d'un matériau qui garderait une empreinte ou une impression de son être le plus profond. Par hasard, elle avait découvert la force créatrice de la photographie. Depuis, il était clair pour elle qu'elle devait projeter son "moi", ce qu'elle était authentiquement, sur la plaque sensible. Elle avait acheté un appareil photo et tous les accessoires dont elle avait besoin pour développer ses clichés et avait aménagé un cagibi désaffecté en ce qu'elle baptisait sa "chambre noire". Après avoir expérimenté pendant quelques mois, elle se sentit mûre pour la phase suivante. Elle connaissait un journaliste du *Messager*, la gazette locale largement diffusée. Ce journal pouvait lui servir de tremplin pour élargir son champ d'opérations. Mais, pour se faire remarquer, elle avait besoin d'un sujet remarquable. Elle l'avait trouvé – pensait-elle – en la personne de Nina Sanglar.

4

Félicia était occupée à mettre ses robes sur des cintres dans la penderie, à remplir de linge et de babioles diverses les tiroirs d'une commode. De temps à autre, elle venait à la fenêtre pour jeter un coup d'œil dehors, vers la pelouse semi-circulaire devant la maison, et vers la route, à peine visible derrière une haie de houx. Les rideaux étaient d'une blancheur éclatante, les tentures fleuries avaient l'odeur du neuf. La pièce était claire, intime, le radiateur électrique diffusait une chaleur plaisante. Pourtant, Félicia ne se sentait pas à son aise.

Elle avait mal dormi. Elle ne gardait pas un souvenir agréable de ses retrouvailles avec Nina, la veille, dans un hôtel d'Amsterdam. En défaisant ses valises, elle ne cessait d'y repenser. Dans sa tête, cette première rencontre avec sa sœur se déroulait comme un film, un enchaînement de plans d'une parfaite netteté.

Elle fut choquée en apercevant Nina dans le hall de l'hôtel. Elles étaient arrivées le même jour, Félicia de Zurich, par avion, Nina de Paris, par le train de l'après-midi. Nina était assise sur l'accoudoir d'un des fauteuils de cuir au centre du hall. Bras tendu, elle tenait un journal à la main et, en fronçant les sourcils, scrutait le texte. Son manteau mal coupé s'entrouvrait sur un corsage noir et une jupe (trop courte). Entre l'ourlet de la jupe et le bord des bottes hautes, ses maigres genoux étaient visibles. Avec ces cheveux rouges, aussi artificiels qu'une perruque, Nina ressemblait – Félicia en fut horrifiée – à un clown, ou pire, à une vieille prostituée. Mais quand Nina détourna la tête et rencontra le regard de Félicia, cette impression disparut. Il n'y avait nulle trace de maquillage sur la peau mate, recouverte d'un réseau de fines rides plus claires. Le contraste entre ce visage nu, ce regard direct et sombre et le reste de son apparence était troublant.

Les deux sœurs avaient dîné ensemble au restaurant de l'hôtel. Après le café, il allait de soi qu'elles continueraient leur conversation – au départ laborieuse (et portant essentiellement sur les modalités de la transaction avec la Fondation qui voulait acheter la Maison bleue) – dans un cadre plus intime. Elles étaient donc restées ensemble encore un peu dans la chambre de Félicia.

Félicia se revit en compagnie de Nina comme deux actrices dans un décor : la pièce, aux meubles impersonnels, aux couleurs neutres, éclairée par des appliques aux abat-jour roses entourant la coiffeuse. Nina avait demandé la permission de fumer, tandis que, pour la ixième fois depuis leur rencontre, elle avançait la main vers le paquet de cigarettes qu'elle portait (comme un homme ! se dit Félicia choquée) dans la poche de poitrine de son corsage.

"J'aime mieux pas, autrement je ne pourrai pas fermer l'œil cette nuit. Tu fumes trop, Nina. A notre âge, tu dois pouvoir t'en passer."

Félicia s'entendit prononcer ces mots, vit sa sœur s'excuser d'un sourire et repousser le paquet au fond de la poche ; mais elle ne pouvait pas oublier non plus le petit rire ironique qu'avait eu Nina en promenant son regard sur les objets de toilette et autres effets de voyage soigneusement disposés sur la coiffeuse, par exemple les pochettes brodées d'un monogramme dans lesquelles Félicia avait coutume de transporter ses bas et ses gants.

FÉLICIA (avec insistance) : "Vraiment, tu dois t'arrêter."
NINA (sarcastique) : "*Mañana** !"
(Elle voit son image se refléter dans la glace, à peu près de la même taille que Félicia, avec un soupçon de ressemblance dans les yeux et la forme du visage, mais pour le reste, différente, irrémédiablement.)
FÉLICIA (hochant la tête, n'ayant pas l'air d'y croire) : "Eh bien, nous y voici. Après tout ce temps ! Comment est-ce possible !"
NINA : "Tu parles encore néerlandais comme une Hollandaise. Pas moi, et ça s'entend !"

* En espagnol dans le texte : "Demain !"

FÉLICIA : “Pourquoi m’as-tu si peu écrit ? Je ne savais jamais où tu étais.”
NINA : “Je t’ai écrit !”
FÉLICIA : “Oui, une carte postale de temps à autre. Sans donner ton adresse !”
(Nina fait un geste qui est à mi-chemin de l’excuse et de l’abandon au fatalisme.)
FÉLICIA : “Il y a tant de choses que j’ignore à ton sujet, tant de choses que je ne comprends pas. Comment as-tu vécu toutes ces années, et où ?”
NINA : “Oh, ici, là, un peu partout.”
FÉLICIA (s’est assise sur le bord du lit. Elle n’ose plus vraiment poser de questions, craignant qu’un sujet de désaccord resté implicite entre elles jusqu’alors ne remonte à la surface. Elle se demande comment elle va amener Nina à s’arrêter de marcher de long en large, cela la rend nerveuse. Elle tapote la place à côté d’elle, sur le couvre-pied ouatiné, mais Nina ne le voit pas ou fait semblant de ne pas le voir. Un sentiment d’irritation impuissante envahit Félicia ; il lui est familier, lui rappelle le temps où elles étaient encore jeunes) : “S’il te plaît, Nina, viens t’asseoir !”
NINA : “Je suis ankylosée de partout après six heures de train.” (Mais après un regard jeté à sa sœur, elle pousse le tabouret de la coiffeuse devant Félicia et vient s’y asseoir. Elle se masse les genoux.)
“Parle-moi de tes enfants. Il n’en a pas du tout été question jusqu’ici. N’est-ce pas étonnant ? Où sont-ils ? Que font-ils ?
(Félicia croit entendre un reproche dans les mots de Nina. Effectivement, il ne lui est pas venu à l’esprit de parler de ses enfants ; elle est piquée que Nina lui en fasse la remarque. En insistant sur une abondance de détails – ce qu’en d’autres

circonstances et devant quelqu'un d'autre elle aurait évité de faire, par égard pour la bienséance –, elle décrit la carrière de son fils, juriste dans une grosse entreprise néerlandaise installée au Japon, et le bonheur familial de sa fille, mariée à un Norvégien et vivant à Oslo.)

NINA : "Ils sont bien loin, tous les deux ! Ce n'est pas drôle pour toi."

FÉLICIA (s'est échauffée en parlant et s'est persuadée elle-même d'un état de choses qui est loin d'être aussi rose qu'elle veut le faire paraître) : "Nous restons en contact, nous nous écrivons." (Mais le contact avec Emilie et Alexandre se résume, de leur part, à l'envoi d'une lettre pour son anniversaire et pour Noël, avec la relation obligée des événements familiaux. Elle est bien consciente qu'elle n'appartiendrait jamais au cercle des intimes de ses enfants si le hasard n'avait fait d'elle leur mère. Quelle image idyllique – déformée – n'a-t-elle pas donnée à Nina de la famille de diplomates Van Wicke, si soudée, en dépit du fait que le fils et la fille, à l'époque, en raison de leurs études, résidaient la plupart du temps dans un autre hémisphère que leurs parents !)

"Roelof et moi avons délibérément fait en sorte de donner à Alexandre et à Emilie les bases pour un développement équilibré. Roelof disait toujours : Rien ne vaut l'exemple personnel. C'est ainsi qu'ils ont appris que les distances ne comptent pas." (Elle se rend bien compte de tout ce qu'il y a de suffisant et de sentencieux dans ce qu'elle dit ; il ne lui a pas échappé non plus que Nina l'écoute, en levant le sourcil.)

NINA : "Je trouvais ton mari plutôt collet monté. Ce n'était pas mon type."

FÉLICIA : "Roelof ne se livrait pas facilement, il lui fallait d'abord bien connaître quelqu'un." (Elle repense à la courte visite que Nina leur a faite, il y a déjà vingt ans, quand Roelof et elle arrivèrent en poste au Pérou. Tout s'était passé si vite, dans la confusion. Nina s'était présentée chez eux à l'improviste. Elles ne s'étaient pas revues depuis le mariage de Félicia. La présence de Roelof, son attitude réservée et distante à l'égard de Nina avaient jeté un froid sur cette rencontre exceptionnelle entre les deux sœurs. Nina était repartie sans qu'on ait pu savoir exactement ce qu'elle faisait à Lima. Félicia se souvient des mots de Roelof : "Nous devons faire attention à ta sœur. Tu dois bien savoir où tu mets les pieds.")
"Dans sa position, il ne pouvait être assez prudent." (En disant ces mots, elle réalise qu'elle admet ainsi avoir été consciente, à l'époque, des motivations politiques qui inspiraient la défiance de Roelof. Elle retient son souffle, craignant une discussion qui les entraînerait Nina et elle sur un terrain miné.)
NINA (ne réagit pas, hoche seulement la tête) : "Je comprends bien que ce n'était pas de ta faute. Est-ce que tu as été heureuse avec cet homme, en fin de compte ?" (Elle se penche et pose sa main sur la main de Félicia.) "Tu as les doigts glacés ! Moi, je pense que tu n'as pas été heureuse."
FÉLICIA (déconcertée par le tour que prend la conversation) : "Ce n'est pas à toi d'en juger, Nina."
NINA : "J'ai quelque expérience de la vie. Je sens, je peux voir quand une femme n'a pas connu l'amour."
FÉLICIA (retire sa main. Elle se redresse, comme si, de cette manière, elle devenait impénétrable

sous le regard inquisiteur de Nina. Elle tremble intérieurement. Avec une précision qu'elle juge diabolique, Nina a touché un point sensible qui devait rester caché) : "Comment oses-tu dire cela ? Roelof et moi nous nous sommes soumis à quelque chose de plus important que le bonheur personnel. Nous avons tous les deux fait des sacrifices, par respect mutuel, par sens de nos responsabilités. Nous étions au service de notre pays. Naturellement, c'est tout autre chose que de partager la vie d'un romanichel."

NINA (élevant le ton) : "La mère de Ramón avait du sang indien, son père, un Espagnol, a émigré en Argentine au siècle dernier."

FÉLICIA (de nouveau calme) : "J'ai toujours cru que vous faisiez des tournées avec un spectacle de tsiganes."

NINA : "Nous avions des *tangueros* et des danseurs de flamenco dans la troupe, et des *mariachis* du Mexique. Ramón chantait des chants des Indiens des Andes et jouait de leurs instruments. Ramón jouait divinement de la guitare. Ramón Sanglar y sus compañeros de la música latino-americana."

FÉLICIA : "La troupe n'existe plus ?"

NINA : "Non, mais pour les gens qui ont longtemps travaillé avec Ramón elle existe encore. Ils en feront partie jusqu'à l'heure de leur mort. Quelques-uns sont à Paris, ils ont quitté l'Argentine en soixante-seize, quand la junte de Videla a pris le pouvoir. Ce sont mes amis. J'ai vécu avec eux un certain temps. Plus maintenant. Ah ! basta !" (Elle se lève brusquement.) "Je suis fatiguée, j'ai envie de dormir." (Elle pose la main sur les cheveux gris de sa sœur.) "*Buenas noches*, Licia. Bonne nuit !"

(Félicia effleure du bout des doigts ceux de Nina puis rectifie d'un geste machinal sa mise en plis qui n'a pas bougé.)

Cette scène était une fois pour toutes fixée dans le temps, il n'y avait rien à y changer. Chaque fois que Félicia y repenserait, elle reverrait les mêmes images, entendrait les mêmes mots, rappelée à la dure vérité (généralement refoulée avec succès) qu'elle avait failli dans les relations fondamentales de son existence. La première conversation entre Nina et elle avait déjà comporté des fausses notes qui auguraient mal, elle le craignait, de leur séjour commun à la Maison bleue.

"Non merci, plus de thé, j'ai envie de quelque chose de plus fort", dit Nina en enlevant du bouquet printanier la carte de visite de l'agent d'affaires.

"C'est réellement ton nom ?" Près de la table à thé, Félicia se servait une autre tasse à gestes mesurés. "Tu étais vraiment mariée ?"

Les sœurs échangèrent un coup d'œil. Le petit rire bref et sec de Nina fit rosir Félicia.

"Tu étais bien son… son amie, quand sa première femme vivait encore ?"

"Je n'étais pas la seule !"

Félicia protesta, d'un geste. "Ça ne m'intéresse pas du tout."

"Tu n'as pas connu Ramón, dit Nina. Aïe aïe aïe !" Un petit cri, qui tenait du gémissement et de l'admiration, lui échappa, comme si elle était au théâtre. Elle ferma les yeux et frappa dans ses mains, en cadence ; se reprit immédiatement et donna à son accès d'émotion un tour comique en adoptant le masque rigide et l'attitude virile jusqu'à la caricature d'un danseur de flamenco. Félicia, gênée, détourna les yeux.

"Je sais bien ce que tu penses, ça se lit sur ta figure. *Nina la loca** ! Mais rassure-toi, je n'ai pas l'intention de te raconter ce que tu ne veux pas entendre."

Nina se pencha sur la corbeille et se mit à en étaler le contenu sur la table. "Où prennent-ils l'argent, ils sont fous ! Olé la Sanglar !"

Elle hocha la tête mais avec un faible sourire de contentement.

"Qui est Pépé ?" demanda Félicia. Pendant que Nina était au premier étage, elle avait regardé la carte épinglée à la corbeille. Une bouteille de xérès dans chaque main, Nina la regarda fixement. "Los compañeros de la música latinoamericana… et puis une flèche, tu dois retourner la carte. Y Pépé, c'est écrit au dos."

Nina prit la carte de l'anse de la corbeille.

"Tu vois bien, Pépé !" insista Félicia.

Après un instant d'hésitation, Nina replaça les bouteilles dans la corbeille et la repoussa du pied.

Elle déchira la carte.

"Pépé est le fils de Ramón. J'aurais dû deviner qu'il était derrière tout ça !"

"Mais qu'est-ce qui te prend ?" demanda Félicia, sur un ton de réprobation étonnée.

"Je ne veux plus entendre parler de lui, un point c'est tout. Jc sors, je vais prendre l'air, dans le jardin."

Félicia resta assise encore quelques instants près de la table à thé ; elle but sa tasse à petites gorgées précautionneuses. On aurait dit qu'elle était plongée dans ses pensées. En fait, elle

* En espagnol dans le texte : "Nina la folle."

écoutait les pas de Nina, dans l'escalier d'abord puis dans le vestibule. Quand elle entendit claquer la porte d'entrée, elle se leva pour ramasser les morceaux de la carte.

Le soir, à table, pendant leur premier dîner à la Maison bleue (Mlle Mees, avant de partir, avait dressé la table avec soin et servi le repas), Félicia ne put s'empêcher de reprendre le fil de la conversation que Nina avait interrompue si abruptement un jour plus tôt.

"Pourquoi n'as-tu pas donné de tes nouvelles, à Lima ? J'ai essayé d'obtenir des informations, mais pas une trace… Je me suis fait beaucoup de souci pour toi au moment des émeutes du match de football Pérou-Argentine, tu sais bien, juste après ton passage chez nous. Les gens étaient devenus fous, on aurait dit la guerre…"

Nina la regarda en silence, Félicia se sentit prise en faute, elle savait ce que voulait dire ce regard : à Lima, Nina avait tiré les conclusions de l'attitude de Roelof à son égard qui ne pouvait signifier qu'une chose : ne remets pas les pieds ici.

"Nous n'étions pas là, dit Nina, nous étions déjà repartis."

"En tournée ?"

"En tournée ?" Nina se mit à rire. "Non, nous n'étions pas en tournée. Nous devions quitter l'Argentine. J'étais venue te voir pour te demander de l'aide. Nous n'avions pas d'argent, nous ne savions pas où loger. Mais, après avoir parlé trois minutes avec ton mari, j'ai compris que je ne pouvais pas compter sur vous. Je ne voulais pas te causer d'ennuis."

“Je n’aurais jamais pensé... Tu avais l’air en forme, tu étais gaie...”

“Mais Félicia, cette maison où vous habitiez, là-bas, les murs avaient des oreilles !”

“Mais Sanglar était un artiste, je veux dire : pas un activiste...”

Nina ne répondit pas tout de suite. Elle fumait de la manière que Félicia trouvait vulgaire, sans retirer la cigarette de sa bouche.

“Salta, ça te dit quelque chose ? demanda enfin Nina. Salta, mars 1964 ?”

“Salta ?” Félicia hésita. “Je sais que c’est dans le Nord, dans les montagnes, mais je ne connais pas l’endroit, je n’y suis jamais allée... Il y a si longtemps, Nina. J’ai toujours trouvé la politique sud-américaine horriblement compliquée. Roelof s’y connaissait lui : ce qui se passe maintenant au Pérou, avec ce mouvement de guérilleros, le Sentier lumineux, il l’avait prévu à ce moment-là. Evidemment, nous avions des nouvelles de l’Argentine quand nous étions à Lima. Les péronistes de gauche, les péronistes de droite et les syndicats étaient infiltrés par les communistes venus de Cuba, tout le monde était au courant.”

“Ah oui, bien sûr !” De nouveau Nina émit un petit rire bref. “Tu as raison, c’est compliqué. Il faut y avoir été. Mais toi, tu y étais. Tu connais le genre d’individus qui sont au pouvoir en Amérique du Sud, en Argentine. Tu as vécu dans leur compagnie !”

Félicia sortit son mouchoir de la manche gauche de son gilet et le pressa contre ses lèvres. Ce geste familier de sa sœur rappela à Nina la manière dont un petit enfant cherche à se rassurer en suçotant son bavoir. La confusion de Félicia lui montrait combien la distance entre elles s'était creusée. Elle attrapa un cendrier qui se trouvait sur le coin de la desserte et écrasa sa cigarette consumée pratiquement jusqu'au filtre.

"En mars 1964, nous donnions une série de représentations à Salta. Nous y sommes restés un peu plus longtemps parce que Ramón voulait enregistrer la musique des Calchaquis. C'est juste à ce moment-là que la police militaire a découvert des camps d'entraînement clandestins de la guérilla et d'importantes réserves d'armes à Salta, dans les contreforts des Andes. Beaucoup de jeunes qui étaient là ont été arrêtés. Pépé, le fils de Ramón, était du nombre. Mais il a réussi à s'échapper et nous a rejoints. Dans toute la région du Nord, il y avait des affiches qui annonçaient notre spectacle avec le nom de Sanglar, en grosses lettres. Ramón a dissous la troupe, il n'y avait rien d'autre à faire. Mais quelques *compañeros* sont tout de même venus avec nous et nous avons passé la frontière à Jujuy. En Bolivie, la situation était instable, on faisait la grève dans les mines d'étain, tu t'en souviens peut-être… C'est pourquoi nous avons continué immédiatement vers le Pérou."

Félicia regardait sa sœur en hochant la tête. Elle ne savait que dire. C'était comme si elle entendait la voix péremptoire de Roelof : "Ces éléments subversifs se trouvent toujours dans les milieux qui voyagent beaucoup, au cirque, dans des orchestres, parmi des acteurs…"

"Nous sommes restés partout où nous le pouvions, le plus longtemps au Mexique, poursuivit Nina. Nous étions cinq : Ramón et moi, un couple de danseurs et notre joueur de bandonéon. La troupe réduite au format de poche. Mais nous nous en tirions."

"Et Pépé ?"

Nina fit tomber la dernière cigarette du paquet, se rembrunit. “Il a suivi sa propre voie dès que nous sommes entrés en Bolivie.”

“Ah...” Félicia émit un soupir. “Je comprends pourquoi tu n’as pu venir à l’enterrement de maman.”

“Nous ne sommes rentrés en Argentine qu’en soixante-treize. Il semblait à ce moment-là que la démocratie retrouvait une chance. Mais, en fait, c’est là que les choses se sont sérieusement gâtées. Perón est revenu, avec ses idées d’extrême droite, complètement fossilisé, enfin, tu es au courant. Ramón n’a pas connu le pire, il est mort fin soixante-treize.

“Nous étions à Londres en soixante-treize, dit Félicia pensive. Le dernier poste de Roelof.”

“Never a dull moment * *!”*

“Que veux-tu dire par là, Nina ? Il y a du sarcasme dans ta voix. Tu ne dois pas croire que Roelof et moi n’avons jamais eu de problèmes. Nous aussi, nous avons eu nos années noires. Varsovie, Pretoria, ce n’étaient pas des sinécures. N’as-tu pas cherché toi-même le danger ? Tu as toujours été une tête brûlée. Pourquoi t’es-tu mêlée de politique ?”

Nina repoussa son assiette. Les coudes sur la table, la tête dans les mains, elle regarda Félicia. “*Muy bien*, mais d’abord une petite leçon d’histoire !”

“De grâce ! Tu n’as pas besoin de me parler de ces épouvantables juntes. Je sais que tu as écrit des articles dans les journaux, que tu as participé à des manifestations. Que tu as été en prison. Ils t’ont interrogée ? Tu as été torturée ?”

Nina fit seulement oui de la tête.

* En anglais dans le texte : “Jamais le temps de s’ennuyer !”

“Pas autant que d’autres, sinon je ne serais pas là.”

“Mais enfin, Nina, rien ne t’obligeait à te mêler de tout ça !”

“Mais enfin, Félicia, qui pouvait rester en dehors ?” répliqua Nina sur le même ton.

“J’ai découpé une série d’interviews dans un journal espagnol, il y a quelques années…”

Nina ferma les yeux et se figea, les traits douloureusement contractés.

“Je les ai lus et relus…” continua Félicia.

“Oh mon Dieu ! ne parle pas de ça, je t’en prie…” éclata Nina. Elle se leva avec un mouvement si brusque qu’elle renversa sa chaise. “Tout ça, c’est fini, je ne m’en mêle plus. Je n’écris plus. Je ne veux plus jamais en parler.”

5

Félicia était aux prises avec des sentiments contradictoires. Elle savait que la transaction concernant la Maison bleue n’apporterait aucun changement dans sa manière de vivre. Avant l’automne, elle serait de retour dans son village paisible, en Suisse, dans le chalet que son mari et elle avaient acheté, à l’époque, avec l’intention d’y finir leurs jours. Mais par ailleurs, elle en avait conscience, un élément d’incertitude la tracassait. Dans les contacts (téléphoniques) qu’elle avait eus avec Nina avant leur rencontre en Hollande, il avait été question, comme incidemment, de la possibilité que les deux sœurs habitent ensemble plus tard. Pour Félicia, il était clair que sa maison au milieu des alpages ne se prêtait pas à une division en deux appartements. A la réflexion, elle se demandait d'ailleurs comment elle avait pu supposer un instant que Nina disposait des moyens financiers nécessaires pour organiser sa vie comme elle, Félicia, l'avait fait après la mort de Roelof. Sans se poser de questions, elle était partie du principe que Nina et elle, après leur séjour à la Maison bleue, devaient songer à trouver une maison appropriée, que ce soit quelque part en Suisse, sur le lac de Lugano par exemple, ou bien dans le Midi de la France ou en Espagne. Félicia aurait préféré s'installer tout de suite dans des régions plus méridionales que l'Oberland bernois, mais – comme toujours – elle avait cédé devant les désirs de son époux. Dans sa retraite, elle réfléchissait souvent à la vie qu'ils avaient menée, Roelof et elle. Elle feuilletait les douzaines d'albums qui contenaient des photos de leurs séjours dans tous ces pays lointains, comme pour se persuader qu'elle avait réellement été là. Dans sa chambre, elle était entourée de souvenirs, sur son bureau, il y avait, dans des cadres d'argent, des photos de personnalités importantes ou intéressantes dont elle avait fait la connaissance. Tout compte fait, elle estimait qu'elle pouvait être satisfaite du chemin parcouru, même si elle était victime, quelquefois, d'accès de mélancolie. Cela la prenait quand elle essayait d'y voir clair dans sa relation avec son époux. Après des années de vie conjugale, elle avait fini par réaliser que cette relation, en fait, n'avait pas évolué, comme si toute possibilité d'enrichissement ou d'approfondissement de leur intimité était exclue. Elle avait bien eu quelquefois le sentiment d'être trompée dans des attentes dont elle avait seulement pris conscience quand ses enfants avaient quitté la maison pour aller faire leurs études secondaires en Hollande.

Si elle avait été d'abord séduite par l'assurance de Roelof, d'une fraîcheur quasi adolescente, et par la clarté logique de ses idées et de ses actes, ces qualités parurent se durcir au fil des ans, avec les contraintes que lui imposaient ses fonctions. Beaucoup le trouvaient froid et autoritaire. Le masque du diplomate lui collait progressivement à la peau.

Félicia avait connu des moments de révolte, avait frôlé la détresse dans cette vie lisse, sans une fausse note et remplie d'égards mutuels, mais dans laquelle il manquait quelque chose d'essentiel qu'elle ne pouvait réellement définir. Secrètement, elle avait reproché à Roelof de peser sur l'atmosphère familiale, par son attitude et sa mentalité. Serait-il question aujourd'hui d'un éloignement entre elle et ses enfants s'ils avaient connu dans leur enfance ces liens étroits dont elle s'était flattée devant Félicia ? Pendant les quelques années qu'ils avaient passées en Suisse, quand Roelof eut quitté la carrière, elle s'était parfois demandé si elle pourrait à la longue supporter cette *retraite à deux**. Elle accordait volontiers à Roelof le plaisir qu'il trouvait dans ses activités favorites pour lesquelles il avait enfin le temps, comme s'occuper de sa collection de papillons, faire de longues promenades quotidiennes, mais elle-même était confrontée à des sentiments croissants de solitude et de désillusion. Pourtant : maintenant qu'il était mort, il lui manquait chaque jour. Depuis qu'elle avait la liberté de faire ce qu'elle

* En français dans le texte.

voulait, elle réalisait seulement combien son existence entière était mêlée à la sienne. Elle était déterminée, encore et toujours, par ce qu'il avait été, son caractère, sa fonction.

Sa rencontre avec Nina lui avait fait comprendre que la situation financière de sa sœur était pour le moins préoccupante. Avec l'argent qu'avait rapporté la vente de la remise à calèches et du terrain boisé, Nina aurait pu non seulement subvenir à ses propres besoins mais aussi entretenir qui elle voulait. Il apparut en outre qu'elle avait contracté des dettes à Paris. Même avec la part qu'elle recevrait de la vente de la Maison bleue, elle ne pourrait jamais vivre avec Félicia sur un pied d'égalité. Félicia était confrontée à un problème de conscience : avait-elle le devoir d'héberger Nina dans le chalet ? Le voulait-elle vraiment ?

Tout en admirant sa sœur pour le courage avec lequel elle s'était dressée ouvertement en Argentine contre les méthodes inhumaines qu'avaient employées les juntes militaires successives pour éliminer l'opposition, Félicia reculait devant les conséquences qu'une telle implication politique pourrait avoir pour elle aussi. Certes, Nina avait déclaré qu'elle ne participait plus à des actions, mais Félicia n'en était pas persuadée. Dans l'une de ses valises, se trouvait une série d'interviews de Nina sous le titre "Lettre ouverte aux Mères folles de la plaza de Mayo". Elles ne comportaient pas seulement un réquisitoire, plein de détails épouvantables, à l'adresse de la junte du général Videla ; les déclarations de Nina semblaient exprimer un rejet radical de la démocratie occidentale stigmatisée pour son impuissance, dans un style virulent qui inquiétait Félicia. Elle avait emporté ses coupures de presse à la Maison bleue parce qu'elle voulait questionner Nina à ce sujet. Comment pourrait-elle vivre avec elle sous le même toit, si elle ne savait pas ce qui occupait sa sœur et quels contacts elle entretenait ?

La Nina retrouvée n'était pas la pasionaria que s'était imaginée Félicia à la lecture de ces articles choquants. Elle avait toujours cru que Nina avait mené une vie certes dangereuse mais fascinante, comparée à son existence à elle, qui n'était variée qu'en apparence. En réalité, elle n'avait jamais été ailleurs qu'en Hollande, dans l'enceinte protégée de l'ambassade, une enclave, surtout dans les pays dont elle ne comprenait pas la langue et où elle ne pouvait se déplacer librement, pour des raisons de statut et de sécurité. Elle était restée séparée des gens, du grouillement de la rue, de la vie quotidienne par un fossé infranchissable. Dès qu'elle s'était faite plus ou moins à une atmosphère, un climat particuliers, Roelof était envoyé dans un autre poste. Ces changements avaient moins porté atteinte à ses occupations et ses habitudes à lui qu'aux siennes.

Enfant, elle avait souvent été jalouse de sa sœur. Comme elle ne pouvait se conduire dans la vie avec autant de naturel et d'aplomb que Nina, elle avait misé sur la décence, l'exactitude et s'était pliée par sens du devoir aux règles du milieu dans lequel elle entrait. Ce comportement était devenu pour elle une seconde nature.

La Nina qu'elle avait accueillie quelques heures dans la résidence de Lima lui avait paru incarner une liberté à laquelle elle aspirait secrètement parfois. Elle s'était sentie guindée, affectée, face à cette femme vivante et désinvolte, qui ne se rattachait à aucune nationalité ou classe sociale. Désormais, il n'y avait plus aucune raison de jalousie. Nina était moins bien conservée qu'elle, elle était vieille : quelque chose en elle semblait usé, malgré des accès d'extravagance. Elle donnait l'impression d'être sur la défensive, sur ses gardes.

Félicia trouvait aussi pitoyable qu'irritante cette femme maigre avec sa peau tannée et sa teinture rouge. D'un côté, elle se sentait supérieure, privilégiée. De l'autre, elle croyait déceler chez Nina des étincelles de cet esprit taquin, de ce goût de la moquerie qui jadis la mettaient hors d'elle. Les mots de Nina : je peux le voir, je sens quand une femme n'a pas connu l'amour avaient profondément touché Félicia. C'était vrai ; elle ne savait rien de l'amour dont parlait Félicia : la passion, la chaleur animale, l'ivresse des sens. Il lui était difficile de s'imaginer d'ailleurs ce que signifiaient ces expressions. Devait-elle se considérer comme incomplète, comme une demi-femme, comme la moitié d'un être humain ? Les allusions de Nina réveillaient en Félicia de vieux sentiments de colère, le besoin de rendre coup pour coup, de prouver qu'elle n'était pas aussi naïve, aussi sotte, aussi lente que sa sœur semblait le croire. La vie amoureuse de Nina remplissait Félicia d'une curiosité troublée de répugnance. A aucun prix, elle n'aurait voulu que Nina ne le perçoive. Ramón Sanglar avait eu une première femme et – apparemment – des maîtresses avant d'épouser Nina sur le tard. Quelle relation Nina avait-elle eue avec ces gens-là ? Nina avait un beau-fils, Pépé, dont elle ne voulait rien savoir. Pourquoi ? Félicia supposait que c'était parce que le garçon avait mis son père, les *compañeros* et Nina en difficulté par ses actions dans la guérilla. Mais ce Pépé, depuis, était rentré en grâce auprès des *compañeros* qui vivaient à Paris et que Nina nommait ses amis : il s'était joint à eux pour saluer d'un geste fastueux l'arrivée de Nina à la Maison bleue. Il n'en voulait donc pas à sa belle-mère ! Quels étaient les sentiments réels de Nina ? Quels conflits, quels drames étaient enfouis dans son passé impénétrable ?

Que Nina vécût dans des conditions très précaires à Paris venait sans doute du fait qu'elle avait donné jusqu'à son dernier sou à Sanglar et à ses *compañeros*. Félicia se dit à elle-même qu'elle devait surmonter sa répugnance naturelle à se mêler des affaires d'autrui. C'était comme si le rôle de *dea ex machina*, d'ange réconciliateur lui était dévolu par le destin. Pépé Sanglar lui parut la personne toute désignée pour aider la femme qui avait entretenu et soutenu son père jusqu'à sa mort à gérer ses finances d'une manière aussi responsable que possible. Félicia fut de plus en plus convaincue que sa tâche était de rapprocher Nina de son beau-fils, en s'y prenant avec tact. Quand elle aurait réussi, elle pourrait retourner en Suisse dans quelques mois, la conscience en paix.

Dans ses considérations, un autre facteur joua un rôle, qu'instinctivement elle se refusa à voir en face : sa propension à aller jusqu'au bout d'une entreprise contre la volonté de Nina.

6

Dans le lit qu'elles avaient transporté dans la "chambre d'enfants", en unissant leurs forces, Félicia, la gouvernante et elle, Nina n'arrivait pas à trouver le sommeil. La nuit précédente, à l'hôtel d'Amsterdam, elle était si épuisée qu'elle s'était endormie dès qu'elle avait posé la tête sur l'oreiller. Maintenant elle regardait la coupole de clarté que formaient les trois fenêtres sans rideaux de l'encorbellement. Les arbres du jardin oscillaient sous les bourrasques printanières, des ombres vagues remuaient sur les vitres.

Nina avait froid. Elle remonta les couvertures dans lesquelles elle s'emmitoufla. M'y voici donc, se dit-elle, mon vœu est exaucé. Mais, dans la grande pièce vide, pas la moindre trace du passé. Elle ne put retenir un petit rire, comme à chaque fois qu'elle percevait ce qu'il pouvait y avoir d'absurde dans sa manière d'être ou dans la situation. Elle croisa les mains sur la poitrine. Comme si elle était mise en bière. Un jour, elle avait vu un film dans lequel un vieil homme seul, sur un lit au milieu d'une pièce vide, vivait ses derniers instants dans la chambre mortuaire d'un monde futuriste. Sur les murs étaient projetées les images de paysages qui lui étaient chers : une prairie en fleurs, une grande forêt, un bord de mer. Il pouvait croire qu'il s'y trouvait. Nina songea qu'elle s'était représenté son retour à la Maison bleue à peu près ainsi, comme une confrontation en couleurs et en relief avec sa jeunesse, avec les souvenirs projetés par une lanterne magique, un prélude serein à la dernière phase de sa vie.

La pièce n'était pas vraiment obscure, il y flottait un voile grisâtre, plus clair dans la zone des fenêtres (il y avait là sur le sol une tache d'un éclat blême) et s'épaississant dans les coins. Trois formes noires sortaient de la pénombre, la chaise couverte des vêtements et les valises de Nina. Elle savait encore précisément où se trouvaient les meubles blancs de la nursery que sa mère avait fait venir d'Angleterre. Quand Félicia eut quatorze ans et déménagea vers sa propre chambre, Nina les avait conservés et avait installé ses vieux ours en peluche sur les chaises trop petites. Seul l'oriel avait été son coin d'"adulte", avec un bureau et des rayonnages de livres.

Cet après-midi-là, à son arrivée, elle avait senti, un bref instant, que l'atmosphère de jadis n'était pas loin ; maintenant, quand elle fermait les yeux, des séries d'images surgissaient, un tourbillon multicolore d'impressions visuelles, mais venues de son autre vie. Elle ne pouvait les contrôler. Des visages, des paysages, des intérieurs, des rues et des places apparaissaient et s'évanouissaient, se fondaient les uns dans les autres. Pourquoi lui revenait-il à cet instant le souvenir de la cage d'escalier de l'immeuble parisien où elle vivait, une spirale de cent vingt marches, avec, sur un des côtés, des vitres sales donnant sur les trois murs aveugles d'un puits de jour ; elle revit l'une après l'autre les portes des appartements sur les différents paliers, le bois décoloré, éraflé ou au contraire bien astiqué, et enfin sa porte à elle, au sixième étage, avec le paillasson râpé. Soudain elle se retrouvait avec Ramón dans un car, quelque part au Mexique, sur une route de campagne poussiéreuse ; au loin, derrière les montagnes violettes, les nuées d'orage s'amoncelaient ; le profil sévère du vieil homme, avec la narine castillane dédaigneusement gonflée et le coin abaissé de la bouche, tranchait sur la vitre derrière laquelle défilait le paysage. Cette image se fondait dans une autre : la foule sur les trottoirs dans une rue étroite de Buenos Aires ; le visage fatigué et triste de la vendeuse de billets de loterie, derrière le guichet de sa guérite aussi exiguë que la cellule d'une recluse emmurée vivante. Nina avait rencontré régulièrement cette femme dans les cortèges des Folles, pendant leurs marches silencieuses sur la plaza de Mayo. Elle revit comme un flash les pancartes portées dans la manifestation, avec les portraits ; elle avait vu certains d'entre eux si souvent qu'elle aurait pu les reproduire dans sa tête jusque dans les moindres détails. Comme un contrepoint photographique cynique surgit alors à sa mémoire l'affiche qui avait été placardée partout dans la ville pendant une longue période : une assiette contenant un morceau de viande grillée dont les contours reproduisaient la carte de l'Argentine, flanquée d'un couteau et d'une fourchette, avec au-dessous : *Unámonos y no seremos bocado de la subversión*, soyons unis et la subversion ne pourra pas nous manger ! Les images vacillèrent, se changèrent en contreforts montagneux, en rochers des hauts plateaux andins, couverts de cactus et de mousses ; le ciel où dérivaient des nuages effilés se reflétait dans un lac comme sur du verre noir. Et puis elle se retrouvait dans la salle des fêtes d'une petite ville : des murs blanchis à la chaux, des rideaux de scène poudreux et défraîchis, des dorures écaillées, des rangées de chaises paillées. Les *compañeros* avaient passé des dizaines et des dizaines de soirées dans des locaux de ce genre, à jouer et à chanter, pour dormir ensuite quelques heures dans un endroit quelconque ou bien, sans même se reposer, il leur arrivait de repartir à l'aube, avec l'autocar, au milieu de paysans et de marchands, en direction de la prochaine étape de leur tournée. Nina revit aussi les taches sur les murs souillés de la cellule, dans les caves du bureau central de la police à Buenos Aires, où elle avait passé quelques jours quand elle avait été interrogée par le CIDE. Ces taches (du sang, des vomissures ?) revenaient toujours dans ses rêves, elles étaient imprégnées dans sa conscience, il n'y avait rien d'autre à regarder à ce moment-là ; elle avait essayé d'y voir des visages, des montagnes, des objets, et s'était concentrée sur ces formes, dans ses efforts pour garder son calme et le contrôle de soi.

Toutes ces choses étaient aussi éloignées qu'il était possible de la réalité dans laquelle elle se trouvait aujourd'hui. Elle était couchée sous le toit bleu de son enfance, au milieu des taillis d'un bois de basses terres. Le vent qui passait dans les cimes n'était pas le *pampero* mais un vent frais, soufflant du nord, qui apportait une odeur d'eau. Elle s'imagina le quartier environnant, et le village un peu plus loin, où les réverbères jetaient des taches de lumière sur le pavé. Les habitants dormaient derrière les murs de leurs maisons bourgeoises. Un monde bien ordonné !

Elle se surprit à avoir la nostalgie du continent immense là-bas, entre Atlantique et Pacifique, de ces étendues d'une végétation dévorante, de ces plateaux sans arbres, de ces escarpements vertigineux, où la conscience humaine menaçait de se perdre.

7

Au début des années quarante, les sœurs avaient vécu à Buenos Aires, cette mégapole qui, en réalité, n'était pas l'Argentine, ou plutôt, qui en était la vitrine, une gigantesque agglomération autour d'un cœur où se concentrait tout ce que le pays pouvait afficher en matière de faste cosmopolite. Dès leur arrivée, leur mère avait loué une maison dans le quartier cossu qui s'étend au nord-est, parallèlement au río de La Plata ; toute sa famille habitait là. L'Argentine se limita pour les sœurs Lunius au Barrio Norte quasi interminable et aux rues commerçantes de luxe. Une ou deux fois, on les emmena à la propriété familiale, à une centaine de kilomètres à l'intérieur des terres, mais personne ne leur supposait un intérêt véritable pour le bétail ou les moutons, pas plus que pour l'étendue monotone de la pampa.

Les prairies immenses éveillèrent en Nina le désir de voir l'horizon reculer sans cesse, de se perdre dans un espace sans bornes. De la véranda qui entourait la maison de maître de l'estancia, Félicia admirait sans doute l'océan d'herbe où de petites chardonnières, ici et là, se détachaient comme des îlots bleutés, mais cette vastitude qui attirait Nina l'angoissait. La différence de caractères entre les deux sœurs, perceptible dès l'enfance, parut s'accentuer sans arrêt sous l'influence du pays étranger. Chacune d'elles incarnait l'un des côtés de leur mère : Félicia, le formalisme, le goût de la perfection, Nina le besoin d'aventure, les pulsions d'un tempérament passionné. Mais des traits du caractère de leur père venaient apporter une correction chez l'une comme chez l'autre : chez Félicia, une peur parfois excessive de faire preuve d'indiscrétion, chez Nina, un réalisme pimenté d'humour.

Tandis que Félicia se laissait initier à la vie d'une Portègne, d'une citadine de la bonne société, Nina apprit à monter à cheval dans un manège, s'aventura seule, avec une audace croissante, dans les faubourgs de Buenos Aires où la vie quotidienne s'écoulait à un rythme plus lent, dans des rues larges ombragées de rangées d'acacias et de jacarandas. Les maisons basses, souvent pauvres, aux murs crépis et aux toits plats, tournaient vers la voie publique des fenêtres à barreaux ou fermées par des jalousies ; passé le porche, au fond d'un corridor étroit, on apercevait la verdure d'un patio. La circulation automobile était encore rare ; les carrioles bariolées des laitiers, les charrettes de livraison affichant des messages joyeux ou provocateurs ("Un gaucho n'a qu'un cheval, moi, j'en ai quinze !", "La semaine, je trimballe des colis, le dimanche, mes amis !") donnaient à cette partie de la ville l'apparence d'un autre monde. Là, Nina se sentait vraiment en Amérique du Sud, comme elle se l'était toujours imaginée. Sur un marché, elle avait parlé avec la femme d'un artiste qui en tant que *guapo* ou *compadrito* se produisait dans un numéro de tango. C'est ainsi qu'elle avait fait la connaissance des "Compagnons de la musique latino-américaine" et du chef de la troupe, Ramón Sanglar. Elle ne pouvait assister aux représentations parce qu'elle n'avait pas le droit de sortir seule le soir. Dans les lieux où se produisait la troupe de Sanglar – extrêmement populaire auprès des habitants des faubourgs industriels – les relations de sa mère n'auraient jamais voulu se montrer. Le *tanguero* et sa femme l'emmenèrent quelquefois dans les endroits où les membres de la compagnie répétaient, le jour. C'était généralement chez Sanglar, dans une maison du quartier de Nueva Pompeya. Quand Nina s'y rendit pour la première fois, le bruit d'un martèlement de talons vint de loin à sa rencontre : dans le patio, sur une plateforme en planches, quelqu'un répétait un zapatéado. Pendant qu'on la présentait aux gens qui travaillaient à l'intérieur, elle garda tout ce temps à l'esprit la silhouette presque immobile, dehors, en plein soleil, qui produisait ce roulement continu aux variations subtiles. L'impression de quelque chose qui était à la fois ardent et maîtrisé, une combinaison d'énergie et d'élégance, fut si forte qu'elle ne put retenir une exclamation de surprise quand le danseur arrêta ses exercices pour rejoindre les autres. Ramón Sanglar avait environ cinquante ans, c'était un homme maigre, aux cheveux gris, au visage étonnamment figé, par rapport à ses pieds si mobiles. Sur la piste de danse, il lui avait paru élancé, mais quand il fut devant elle Nina vit qu'il était de sa taille. Il la salua sobrement, sans un sourire (elle sut ensuite qu'il ne souriait jamais), et s'excusa de ne pas serrer la main qu'elle lui tendait : il transpirait abondamment, sa chemise blanche lui collait au corps. Dès le premier instant, Nina aima l'odeur que dégageait sa peau et son visage sévère, aux traits accusés. Cette rencontre marqua le tournant décisif de son existence.

Ramón Sanglar était un bon danseur, mais un guitariste réllement inspiré. Quand il allait s'asseoir sur sa chaise favorite, et posait le pied gauche sur l'un des barreaux pour soutenir sa guitare sur son genou replié, un silence absolu se faisait, peu importait l'endroit ou l'assistance. Il penchait très bas la tête vers son instrument en jouant. Il y avait entre lui et les cordes – qu'il fût à les corriger ou à les caresser – une intimité qui subjuguait Nina. Quand il jouait des mélodies andines sur une de ses nombreuses flûtes indiennes, c'était encore un autre homme. Pour Nina, il incarnait l'Argentine, non pas celle des Portègnes, ces "trois quarts d'Italiens", mais celle où un élément espagnol s'était amalgamé à un fond indigène beaucoup plus ancien. Comme lui, elle était apparentée à ce monde par sa mère. En lui, elle retrouvait ce que sa mère semblait avoir perdu.

Que leur mère voulût se remarier n'avait rien pour surprendre Félicia et Nina ; c'était la seule manière pour elle de réintégrer le milieu dont elle venait. Mais ce qui fut totalement imprévu, ce fut sa métamorphose en bourgeoise latino-américaine, absorbée dans un cercle d'occupations et d'obligations conventionnelles. Ce qu'il y avait d'incisif et d'étincelant en elle, quand elle habitait à la Maison bleue, s'émoussa et se ternit. Visiblement, les rites de la mondanité lui avaient manqué dans ses années hollandaises ; elle retrouvait la conscience de sa dignité à effectuer et recevoir des visites en tant que Portègne de la haute société, à se montrer aux côtés de son époux, un monsieur persuadé de son importance, dans tous les événements de la "saison", à occuper ses après-midi en causeries dans la partie réservée aux femmes d'un grand café de luxe, à passer les mois les plus chauds en dehors de la ville, à Mar del Plata, comme le Tout-Buenos Aires. Au physique, elle changea aussi d'une manière surprenante. Ses petits souliers lui faisaient maintenant des pieds de poupée ; associés à la coiffure compliquée qu'elle avait adoptée, ses châles lui donnaient l'allure d'une matrone ; sa froideur résolue avait pris un accent autoritaire. Au milieu des autres riches bourgeoises elle ne se remarquait pas.

Des deux sœurs, Nina avait été la plus choquée. Elle ne pouvait plus compter sur la complicité amusée de sa mère ; l'aura mystérieuse qui l'avait jadis fascinée avait disparu. Tout ce que Félicia et Nina disaient ou faisaient était désormais jugé en fonction de la règle en vigueur dans la maison de leur beau-père : sa réputation s'en trouvait-elle ou non servie ? Que diraient ses relations, appartenant toutes au milieu des hauts fonctionnaires et des militaires ?

Félicia donna l'impression de s'adapter d'une manière satisfaisante ; elle fit les magasins avec les cousines, petites-cousines et leurs amies, sur l'avenida Corrientes ou la calle Florida, fréquenta cinémas et *confiterías*, et se rendit aux soirées où elle pourrait rencontrer les jeunes gens idoines. Elle ne cacha pas à sa sœur qu'elle accepterait la première demande en mariage raisonnable qui lui serait faite. La chance se présenta sous les traits de Roelof Van Wicke, un des secrétaires de l'ambassade des Pays-Bas, un garçon à principes, sûr de lui, à qui l'on prédisait une belle carrière aux Affaires étrangères.

Son physique, de type nordique, lui plut ; ses bonnes manières étaient authentiques, la manière respectueuse dont il lui fit la cour, attendrissante. Comparés au comportement macho et à la fatuité égocentrique de bon nombre de jeunes Portègnes, le sérieux et la retenue de Roelof étaient un soulagement. Qu'il fût réservé de nature ne la gênait pas (encore), elle était elle-même de tempérament peu expansif. Elle était sûre, à en juger à son caractère droit et à son éducation, qu'il ferait un époux et un père dévoués, et qu'elle ne connaîtrait jamais avec lui les problèmes dont les femmes argentines que voyait sa mère ne cessaient de se plaindre : la double morale, l'indifférence, voire le mépris, sous les démonstrations de respect et les hommages fastueux. Félicia avait assez le sentiment de sa propre valeur pour savoir que par sa beauté, son maintien, et sans oublier la portion des biens maternels qui lui reviendrait à son mariage, elle constituait un excellent parti pour Roelof. Elle était très heureuse de son choix.

Nina fut supposée étudier le folklore argentin dans les musées et les bibliothèques de la ville. Grâce à sa fréquentation des *compañeros*, elle pouvait désormais parler avec une telle compétence des chansons de gauchos, des danses du vieux fonds *cielito* et de la poésie des tangos, que son absence quasi quotidienne de plusieurs heures n'éveillait aucun soupçon, même si un tel degré de zèle semblait quelque peu bizarre.

Quand Félicia en 1942, après de courtes fiançailles, au cours d'une cérémonie jugée trop sobre selon le goût argentin et sans autres festivités, épousa Roelof Van Wicke (en raison de la guerre, on n'avait pu joindre les parents du marié dans la Hollande occupée) et partit pour un autre continent, cela signifia pour Nina également la fin de l'adolescence. Elle vécut une double vie pendant un an et demi, sans que son entourage n'en soupçonnât rien : en témoin critique silencieux dans la maison où les amis de son beau-père, des officiers supérieurs (parmi lesquels le colonel Perón, le ministre du Travail), allaient et venaient dans leurs uniformes de parade ; mais aussi comme l'élève de Ramón Sanglar qui voulut faire d'elle une danseuse en raison de sa souplesse et de ses dons mimiques. Elle fut acceptée en tant que membre dans le clan qu'ils formaient et se soumit aux règles de la hiérarchie en vigueur. Sans conteste Ramón était le chef, le père du groupe. Il y avait entre lui et les autres une relation étrange, presque érotique. Il choyait comme ses filles les femmes mariées du groupe, de même qu'il traitait en fils leurs maris et les célibataires de la troupe, avec tout ce que cela impliquait de marques d'approbation, d'amour même, et de sévérité. Pour les jeunes femmes non mariées, il était, comme Nina le remarqua rapidement, autant un *patrón* qu'un amant. Pour elle aussi, le passage d'une forme de relation à l'autre se fit le plus naturellement du monde. La pression de sa main ferme et chaude entre ses omoplates ou sur ses reins quand il corrigeait une attitude – jamais avec une familiarité déplaisante, mais impérieux et tendre à la fois – lui faisait l'effet d'une caresse. Elle savait qu'elle lui appartenait et qu'il le savait aussi, longtemps avant qu'il ne fût question d'une relation sexuelle. Quand ce fut le cas, cela parut le prolongement harmonieux d'une entente qui avait toujours existé. La femme de Ramón, une Indienne de la tribu coya, dans le Nord, acceptait avec une sérénité primitive l'organisation "clanique" des *compañeros*, penchait son visage inca, aux traits impassibles, sur le nourrisson qu'elle tenait dans ses bras, José, Pépé, Pépito, le fils de Ramón.

8

Nous autres du quartier, nous avons toujours eu l'impression que Félicia, Mme Van Wicke, se montrait d'une réserve excessive, frisant, à vrai dire, l'insociabilité ; mais, auprès des commerçants de la Grand-Rue, elle s'est acquis, dès le début de son séjour, la réputation d'être une dame aimable, polie, mais singulièrement tenace. Surtout à l'épicerie fine, et chez Flora, *le meilleur fleuriste du coin, on peut en parler ! Il arrive encore qu'on y fasse allusion. N'a-t-elle pas remué ciel et terre pour retrouver celui qui avait envoyé une corbeille de produits fins aux sœurs Lunius, en guise de cadeau de bienvenue ? Il s'agissait de quelqu'un qui ne devait pas leur être inconnu, mais dont elles n'ignoraient pas l'adresse. Les commerçants durent résoudre le problème, mener leur propre enquête puisque les Postes n'étaient pas apparemment en mesure de le faire. Mais elle est arrivée à ses fins !*

Parmi les anciens, qui avaient été à l'école avec Félicia et Nina, avant la guerre, certains sont encore vexés parce que les sœurs ne leur ont pas donné la possibilité de refaire connaissance. Seule Félicia a réagi, par de petits mots de politesse, aux cartes de visite que les old-timers *ont glissées dans la boîte aux lettres de la Maison bleue, selon une coutume qui est rarement à l'honneur aujourd'hui. Au village, on pouvait rencontrer Félicia quelquefois, à la poste, chez le coiffeur, chez le droguiste. "Toujours ces beaux yeux, cette voix douce !" opinaient ceux qui étaient en mesure d'en juger. Un trait qui avait caractérisé la jeune Félicia – le fait de détourner les yeux, avec un faible sourire et un petit geste soudain de retenue, comme si quelque chose venait de l'affecter ou de l'embarrasser – était devenu un tic, au fil de toutes ces années. C'est dire si la dame aux cheveux gris, qui, déjà pour nous incarnait le type de la femme de diplomate d'une autre époque, nous semblait encore plus distante. Il rôdait même autour d'elle – c'était notre impression – une ombre de tragique, comme un parfum éventé. Si, au début, on se hâtait vers elle pour lui serrer une main toujours gantée, quelque temps après, même les condisciples de jadis se contentaient de la saluer de loin ou en passant.*

La vérité nous force à dire que nous étions surtout curieux de Nina Sanglar. Le lien fut rapidement établi entre la réserve notable de Félicia et le fait que sa sœur ne se montrait jamais, c'est-à-dire : ne venait jamais là où nous avons l'habitude de nous trouver. Des enfants l'ont aperçue un jour dans les bois ; pendant leur sortie annuelle, les élèves du club de poney ont failli trébucher sur elle, en haut de la grande dune, alors qu'elle prenait un bain de soleil, mollement allongée sur le sable ! Le matin de bonne heure, elle déambulait dans le quartier. Alors elle n'était pas sauvage, semblait-il, puisque des femmes de ménage et le facteur ont souvent parlé avec elle, de choses sans importance, autant qu'on sache, de l'air frais du matin, de l'avantage de la bicyclette, de la vue toujours surprenante – pour qui vient de l'étranger – qu'offrent les grandes baies vitrées sur l'intérieur des maisons hollandaises. Par le facteur, nous savons qu'elle a reçu beaucoup de lettres pendant son séjour ici, toutes venues de France, et qu'elle lui remettait les siennes, avec de l'argent pour les timbres ; visiblement, elle n'aimait pas aller au village.

Nous avons dû conclure que les sœurs étaient des solitaires, mais nous n'avons pu déterminer la cause de leur comportement que ne justifiait en aucune façon notre propre attitude au cours des mois qu'elles ont passés ici. Etant donné sa situation – si dégagée du côté de la rue, en raison de la vaste pelouse, si fermée à l'arrière et sur les côtés à cause de la végétation touffue et des jardins attenants des Meening et des Munt –, la Maison bleue ne se prêtait pas à des opérations de reconnaissance sous la forme de balades qui nous auraient conduits là, comme par hasard, occasions de faire un brin de causette par-dessus la haie ; les dames ne se sont d'ailleurs jamais montrées dans le jardin à l'avant.

Pour avoir des informations sur leurs faits et gestes, nous avons dû nous contenter au départ des bribes de renseignements que Wanda Meening a diffusés de la manière incohérente qui est la sienne.

9

"J'ai reçu une visite, ce matin, pour le café, dit Félicia. La petite jeune femme de la remise est venue faire connaissance. Pourquoi n'es-tu pas descendue un moment ? Tu n'as pas entendu quand je t'appelais ?"

"Non", mentit Nina.

"Elle s'appelle Wanda, Wanda Meening, réellement quelqu'un de charmant. Vois plutôt !"

Félicia poussa quelques photos vers Nina : les sœurs dans le jardin, derrière la maison, regardant le toit bleu, montrant quelque chose, en train de discuter ; se promenant bras dessus bras dessous entre les arbres, à la lisière du bois. Les photos avaient été prises au téléobjectif, elles étaient floues mais on pouvait identifier les personnages.

"Une petite attention, en l'honneur de notre arrivée. C'est gentil, n'est-ce pas ?"

"Ça m'ennuie que quelqu'un me photographie de loin sans que je le sache, dit Nina. Non, je n'aime pas ça."

"Mais elle ne souhaite rien d'autre que de faire un véritable portrait de toi. Elle n'ose pas te le demander elle-même. C'est son hobby !"

"Ça se voit !" Nina tenait les clichés à bout de bras. "Ou bien elle n'y connaît rien ou son appareil ne vaut pas grand-chose."

"Je lui ai promis que je t'en parlerai. Les Meening sont nos voisins. Il faut que l'ambiance soit agréable, même si nous ne restons pas longtemps ici."

"Pourquoi moi, et pas toi ?"

"Mais enfin Nina ! C'est toi qui es célèbre. Tout le monde ici sait que..."

"Arrête !" C'était un cri du cœur.

"Je lui ai dit qu'elle pouvait revenir demain matin."

"Merci bien !"

"Pour une seule fois ! C'est une chose de rien du tout, et tu feras plaisir à cette jeune femme."

"A condition que dorénavant tu cesses de régler ma vie à ma place !"

"Tu sors si vite de tes gonds !..."

Nina vit apparaître le mouchoir. Elle lança vivement : "Mon mauvais caractère ! Il faudra bien que tu t'y fasses à nouveau !"

10

Ils étaient déjà rentrés depuis longtemps en Argentine, Ramón et elle, quand, au cours de l'année soixante-treize, sous la pression des circonstances, elle avait dû surmonter sa répugnance et avait repris contact avec la famille de sa mère. Elle s'était rendue à l'estancia qui appartenait alors à un petit-cousin et à ses fils. Depuis qu'elle était venue pour la dernière fois, les eucalyptus de la grande allée – déjà presque centenaires à l'époque – paraissaient encore plus gigantesques, drapés dans de longs pans d'écorce et dans les franges de leurs cordelières de feuilles gris-vert. Les cyprès avaient grandi, les éventails des palmiers s'étaient élargis. Le parc était une oasis dans l'infini de l'océan herbu où paissaient les troupeaux. La maison basse, au crépi bleu pâle, dont la véranda donnait jadis sur la pampa et les lointains, se dissimulait derrière les arbres. Le cousin de Nina avait modernisé l'intérieur de la maison, mais n'avait pu se défaire des témoignages tangibles de sa réussite comme éleveur de bétail. Des meubles italiens design faisaient figure d'intrus bizarres dans le salon où coupes, médailles et autres trophées en or et en argent massifs étaient intégrés en guise de décoration au lambris qui montait à hauteur d'homme. Au-dessus du bois, sur toute la longueur des murs, étaient accrochées des rangées de cadres avec les photos de bêtes de race primées à un concours.

Nina ne s'était pas attendue à être reçue à bras ouverts ; mais elle n'était pas préparée à l'accueil froid jusqu'à la goujaterie dont on la gratifia. Elle se souvenait du jeune homme qui, en 1939, était monté à bord du paquebot provenant de Hollande pour saluer la veuve Lunius et ses filles au nom de toute la famille. Pendant leurs premiers jours à Buenos Aires, il ne les avait pas quittées d'une semelle. Avec Félicia, elles avaient ri aux larmes de l'allure *Latin lover* de Julio, avec ses regards de feu et ses baise-mains, ainsi que du comportement macho inné avec lequel il prenait sous sa protection ses jolies cousines à marier. Avec le temps, Julio était devenu un vieil homme massif ; sous ses paupières lourdes il la dévisageait avec méfiance pendant qu'elle parlait. Elle venait lui proposer une transaction : une somme payée comptant en échange des bijoux qu'elle avait hérités de sa mère et qu'à sa connaissance il gardait dans son coffre. Elle avait besoin d'argent tout de suite ; Ramón était malade, ne pouvait plus se produire sur scène. Ils habitaient un logement bon marché dans les faubourgs de Buenos Aires. Après avoir séjourné presque dix ans dans d'autres pays, Nina ne se sentait pas chez elle. Elle voulait aller avec Ramón dans une petite ville du Nord, là où l'air était plus pur et la vie plus tranquille. Bien qu'il fût né et baptisé à Buenos Aires, Ramón ne se considérait pas comme un Portègne authentique. Il avait toujours préféré le style colonial espagnol, pour lui, celui de la vraie Argentine. Nina savait que son vœu était de mourir quelque part au pied de la cordillère des Andes, aux sources de cette musique qu'il avait servie.

Elle mit son cousin au courant de leur situation, mais ne réussit pas à briser la glace de son mauvais vouloir. Ce que Ramón et elle soupçonnaient, ce qui les avait dissuadés à chaque fois de retourner en Argentine, l'attitude de Julio le démontrait sans équivoque : quand un individu était suspecté d'avoir été mêlé, d'une façon ou d'une autre, à ce qui, depuis des années, n'était pas nommé autrement que "la subversion", il en était marqué, comme les bestiaux destinés à l'abattoir.

Pendant l'entrevue, Nina s'était rassise sur le canapé où elle avait attendu pendant qu'un domestique allait chercher Julio dans les dépendances ; mais Julio était resté debout ostensiblement, les mains dans les poches de sa culotte de cheval, ayant remis sur sa tête le chapeau qu'il avait enlevé un instant pour la saluer : il était très occupé, il était attendu quelque part. Le fait que Nina soit venue à l'estancia sans s'annoncer lui semblait, apparemment, un signe de précaution suspect. Il ne l'invita pas à rester, pas même pour prendre une collation (Nina s'était parfaitement rendu compte de l'affront qu'impliquait ce manquement aux usages) ; sa femme, ses enfants et leurs familles se trouvaient dans la *quinta*, la maison de vacances de la famille, il était seul, ne pouvait recevoir. Comme il refusait de lui donner un chèque (il ne souhaitait pas qu'il y eût une trace officielle de la transaction), elle dut se contenter de la somme en liquide dont il disposait sur place, un montant nettement inférieur à la valeur réelle des bijoux. L'un des péons la ramena en voiture à l'arrêt de l'autocar. Elle se retourna une dernière fois pour voir la maison bleu pâle où sa mère avait grandi, dans le passé légendaire des rois argentins du bétail.

Comme l'état de Ramón s'était aggravé rapidement, ils étaient restés en ville. On était en décembre, le mois le plus chaud de l'année ; le malade était couché dans un hamac, à l'ombre, dans un patio où toute la journée des enfants jouaient, des femmes faisaient la lessive, où la poussière et le bruit de la route pénétraient par le porche. C'est là qu'avait surgi un jour Pépé Sanglar dont ils n'avaient plus eu de nouvelles depuis qu'il était parti pour la Bolivie. Plus que la chaleur humide, les mouches et le bruit, ce fut la présence du fils prodigue qui fut pénible à supporter. Toute discussion avec lui dégénérait en débat politique. Il ne parlait jamais de ce qu'il avait fait, mais Nina supposait, en se basant sur certaines allusions, qu'il avait appartenu à la guérilla en Bolivie. Che Guevara était son idole. Nina s'insurgea contre le fanatisme de Pépé qui acceptait les théories du leader mort en 1967 comme parole d'évangile. Contredit, Pépé se déchaîna, plein de sarcasmes, contre tous ces partisans d'un ordre mondial définitivement révolu, par exemple, des baladins sur le retour qui berçaient le peuple avec de vieilles rengaines et du folklore *criollo** pour plaire aux grands propriétaires terriens et à l'impérialisme américain. Ramón supportait, résigné, ces flots de hargne, il était trop fatigué et trop fier pour rappeler à son fils que Nina, les *compañeros* et lui-même avaient payé très cher pour qu'il pût faire carrière dans la révolution. Mais pour Nina qui lavait le malade, changeait son linge, le faisait manger quelquefois et le veillait la nuit, se taire était impossible. Bien qu'elle n'eût jamais rien entrepris contre Pépé, et qu'au contraire elle fût prête à tout pour le défendre et le protéger si les maîtres de l'heure, en Argentine, retrouvaient

* "Qui est né dans le pays dont il est question", "créole" (au sens premier du terme).

sa trace, ses réactions de colère éveillèrent la méfiance de Pépé. Il disparut aussi brusquement qu'il était venu. Il n'était pas là quand son père mourut, il ne se montra pas non plus à son enterrement.

Depuis, Nina n'avait jamais eu directement de ses nouvelles. Elle savait, par d'autres, qu'on l'avait vu participer à des actions de guérilla urbaine, avec les *montoneros*. Plus tard, le bruit courut qu'il était parti pour l'Europe.

11

"Wanda, où veux-tu avoir les étagères exactement ?" lança Diederik, de l'étage au-dessus.

Wanda fit quelques pas vers l'escalier et leva la tête. Il se tenait sur le palier et portait sa caisse à outils dans ses bras, comme une offrande. Tout était pour elle : son travail, son temps libre, sa disponibilité jamais en défaut, son amour envahissant.

"Viens me montrer où je dois les poser ?"

"Je te l'ai dit, au-dessus de mon bureau !" Wanda entendit sa propre voix qui le rabrouait et évita de le regarder. Sottises, se reprit-elle tout de suite, il ne le remarque même pas.

"La table est si large, tu dois pouvoir les atteindre facilement. Que penses-tu du pan de mur entre les portes-fenêtres du balcon ? Ou à côté de ta petite armoire ?"

"Oh, ça m'est égal, fais comme tu voudras !" La sueur l'inonda. Sans attendre sa réponse, elle rentra dans la cuisine. Elle entendit marcher Diederik au-dessus de sa tête. A en juger par le bruit, il était en train de déplacer le bureau. Donc quand même l'emplacement qu'elle avait choisi ! Et voilà ! Si seulement il pouvait se taire, bricoler tranquillement sans solliciter en permanence son attention, son intérêt. Ces yeux quémandeurs, dans l'attente d'une caresse, d'un baiser de reconnaissance. Wanda appuya son front contre la porte vitrée de la cuisine et regarda dehors. Là aussi les traces de son zèle étaient partout visibles. La terrasse, avec le barbecue, qu'il avait maçonné lui-même, parce qu'elle avait eu un jour l'intention d'organiser de petites fêtes en été, pour sa fille et les copains et copines de cette dernière ; la pergola, qu'il construisit quand, au retour de vacances en Italie, elle avait déclaré qu'elle avait la nostalgie du balcon de l'hôtel croulant sous les plantes grimpantes ; l'étang, qu'il avait creusé, après qu'elle eut laissé entendre qu'un plan d'eau serait si décoratif dans le jardin en rocaille qu'elle voulait faire aménager.

Il ne la laissait jamais tranquille. Elle aurait eu affaire à une âme simple, le genre brave type, son inférieur en énergie et en intelligence, mais ce n'était pas du tout le cas ! Ce qui l'irritait démesurément, c'était justement de penser qu'il voulait la convaincre que pour la rendre heureuse il se donnait de la peine à un niveau qu'au fond il estimait indigne de lui. Avec son optique de "scientifique", vivant dans un univers de technique et de formules qu'elle ne connaissait pas, il se plaisait à la voir comme un élément de la nature, comme quelque chose de primitif et de ludique, d'imprévisible et de charmant, un être prédestiné à exercer ce don magique qu'ont les femmes pour créer une ambiance, entretenir un jardin, s'adonner à de petits travaux manuels. En réalité, c'était lui qui, à chaque fois, l'avait incitée à commencer une activité après l'autre et de ce fait – selon elle – il avait étouffé dans l'œuf toute initiative personnelle. Dans la cuisine qu'il avait conçue avec le plus grand soin pour sa commodité, elle se limitait à la confection de plats standard sans fantaisie ; depuis que la terrasse était prête, elle n'avait plus envie d'organiser des soirées pour collégiens, le barbecue était rarement utilisé ; le projet de rocaille resta lettre morte ; quant au métier à tisser, au piano, au tour de potier et au four qu'il lui avait achetés, elle s'en détourna pour de bon, après quelques essais pour acquérir les rudiments de la pratique. Maintenant, il cherchait à s'immiscer dans quelque chose qu'enfin elle avait choisi et mis en route toute seule. Elle se sentit menacée.

“Mais tu n'entreras pas dans ma chambre noire. Je garde la clef dans ma poche”, murmura Wanda.

Son haleine fit un petit rond de buée sur la vitre.

Roulée en boule, genoux repliés, la tête dans les épaules, Wanda s'était tournée du côté du mur. Elle essayait de se persuader qu'elle donnait l'impression de dormir. Devant le lavabo, Diederik déplaçait un verre, froissait un Kleenex. Elle entendit le déclic de la lampe, dans le coin, un signal : ce qu'elle redoutait allait se produire. Sous les couvertures, le grand corps chaud de Diederik se poussait vers le sien, il posa sa main sur sa hanche.

“Les planches sont comme tu voulais ?”

Wanda ne broncha pas. Voilà que revenait le schéma immuable qui rythmait leur vie depuis bientôt quinze ans : sans transition on passait de la relation du jour, celle du mari omniscient, adroit, dévoué, protecteur, et de sa femme-enfant à la personnalité immature qu'il devait guider, au monde de la nuit, où lui était imparti le rôle d'une idole qui souffrait de bonne grâce l'hommage des caresses. Elle comprenait bien qu'il s'agissait de lui faire mesurer le pouvoir qu'elle avait sur lui, et d'en tirer joie et fierté. Mais dire non lui était interdit.

Diederik retroussa la veste de son pyjama et commença à lui caresser le dos.

"Tu ne dors pas", murmura-t-il dans sa nuque.

"Laisse-moi..."

"Qu'est-ce que tu as ? Ça ne va pas ?"

Wanda haussa les épaules, une réaction à laquelle Diederik répondit par de petites pressions apaisantes du front. Sa tentative de jeu se heurta à la résistance passive de Wanda. Un gros toutou avec son os, pensait Wanda. Un bon gros toutou, mais attention !

"Dommage que tu aies fait couper tes cheveux."

Wanda sentit monter l'irritation en elle. "J'avais l'air de quoi ? Je n'ai plus dix-huit ans !"

"Tu ressembles à un petit garçon."

"Eh bien, dis-toi que je suis ton fils, et laisse-moi tranquille."

Diederik s'écarta. Allongé sur le dos, il resta silencieux, les yeux grands ouverts dans le noir. La méchanceté consciente de sa remarque le déconcertait. Il aurait aimé avoir un fils avec qui jouer aux échecs, bricoler, et surtout parler. L'été, seul dans son bateau à voile sur la rivière (ni Wanda ni Lenny n'aimaient les sports nautiques), il imaginait quelquefois des conversations ou il tenait des monologues à mi-voix, comme un père le ferait, en parlant de sa jeunesse, de ses projets d'avenir, de ce qu'il vivait sur son lieu de travail. Quelqu'un, à la maison avec qui une solidarité silencieuse, une confiance mutuelle étaient possibles. Il soupira, conscient de la raideur immobile de Wanda à ses côtés.

"Qu'est-ce que tu as fait, ce matin ?" demanda-t-il dans l'espoir qu'une conversation normale apporterait une détente. Elle ne répondit pas tout de suite. Elle aurait préféré continué à se taire ostensiblement, mais elle se sentait quelque part fautive.

"J'ai été à côté, à la Maison bleue."

"Encore ? Tu as vraiment des contacts avec ces vieilles dames ?"

"J'ai fait des photos de Nina Sanglar."

"Elle a posé pour toi ?" demanda Diederik, surpris. Wanda releva un doute dans sa voix. Elle savait qu'il brûlait d'intervenir, de l'aider à corriger les défauts techniques qu'il n'arrêtait pas de découvrir dans ses photos. Elle était convaincue qu'il exagérait terriblement pour miner sa confiance en elle.

"*Le Messager* va en prendre une, m'a dit Joost Braam." (Mensonge improvisé dans l'espoir de museler le scepticisme de Diederik.)

"Mme Sanglar est d'accord ?"

"Pourquoi serait-elle contre ? C'était une artiste, elle est habituée à la publicité."

"Tu n'as donc pas son autorisation ? insista Diederik. Tu ne peux pas faire ça."

"Mais c'est la chance de ma vie !" dit Wanda.

"Ça ne se fait pas !" Diederik s'impatienta. "Ce Braam, ce journaliste, a peut-être recours à des procédés de ce genre. Mais toi, tu ne peux pas te le permettre."

"De quoi te mêles-tu, ce sont mes affaires."

"Si tu t'attires des ennuis, ce sont aussi les miennes. Tu dois faire une demande dans les règles, et, naturellement, lui montrer les photos."

"Tu espères qu'elle va refuser !" La voix de Wanda s'étrangla, elle avait envie de pleurer.

"En voilà une idée ! Qu'est-ce qui te fait penser ça ?"

"Tu me prends vraiment pour la dernière des cruches", sanglota Wanda.

"Je ne te comprends pas, tu es si agressive ces derniers temps."

"Je voudrais bien une fois décider pour moi-même !"

"Mais, nom d'une pipe, dit Diederik, sincèrement choqué. Ce n'est tout de même pas moi qui t'en empêche !"

"Si, c'est toi. Tu es toujours à mettre ton nez dans ce que je... Ah ! non !" Elle dégagea le bras qu'avait saisi Diederik dans un geste de conciliation.

"Tu ne sais pas ce que tu dis. Je te laisse parfaitement libre. Je ne veux pas qu'il en soit autrement. Tu as tout ton temps pour toi. Je suis absent toute la journée, Lenny est à l'école..."

"Je suis dans une cage dorée."

"Allons, Wanda !" De nouveau, il se tourna vers elle comme si la proximité de son corps était en mesure d'endiguer ces flots de mécontentement.

"C'est ce que je sens. Non, lâche-moi."

"Quels sont mes torts ? Mon seul souci est de faire en sorte que tu sois satisfaite."

"Tu me pompes l'air avec ton souci !" Wanda repoussa du pied les couvertures et s'assit sur le bord du lit. "Je veux être moi-même."

Il l'entendit respirer, en reniflant à petits coups. Elle balançait ses pieds sur la descente de lit comme un mioche en colère, et cela l'attendrit.

"Mais de quelle manière ?" s'enquit-il doucement.

Ne pas pouvoir aider Wanda à être heureuse remplissait Diederik depuis quelque temps d'un sentiment de découragement. Les premières années de leur mariage, son absence de maturité (qui irritait beaucoup sa famille) ne l'avait pas inquiété. Ce côté primesautier était un aspect de sa personnalité, lui donnait du charme et faisait que la vie avec elle n'était pas monotone. Désormais, il la trouvait souvent plus naïve, plus puérile que Lenny, et il se le reprochait. Diederik était conscient que son tempérament placide pouvait engendrer l'ennui. Dans la famille de médecins où il avait grandi (comme seul garçon, avec des sœurs autoritaires), fantaisie et instinct ludique n'avaient jamais eu la chance de se développer. C'est dans le parc abandonné de la Maison bleue que Diederik avait découvert les joies de se livrer à la fascination du jeu. Dans ce monde imaginaire, cet univers excitant et mystérieux, il avait aussi connu sa première expérience amoureuse. Rétrospectivement, il semblait que cette initiation à la sexualité eût été aussi un jeu, tenant de la fête et de la féerie, en marge de la réalité prosaïque. La tension autour du baccalauréat, le début des études supérieures à Delft avaient refoulé au fond de sa conscience les circonstances de cette *Frühlingserwachen** ; il restait le souvenir d'une extase purement physique. Quand il rencontra Wanda, des sensations à demi oubliées remontèrent à la surface ; son apparence, aussi chatoyante et vive qu'un papillon, son être aux multiples facettes lui firent miroiter la possibilité de sa propre métamorphose. Par la tendresse dont il l'entourerait (condition, pensait-il, pour qu'elle puisse se développer), ce qui était resté en lui à l'état d'ébauche trouverait ainsi son épanouissement. Mais il apparut que le monde intérieur de Wanda était à l'opposé du sien ; ils ne purent se rapprocher. Ni la naissance de Lenny, ni les efforts de Diederik pour canaliser l'énergie de sa femme ne furent en mesure d'apporter un changement satisfaisant.

12

"La revoilà", dit Nina, hochant la tête en direction du jardin.

C'était une journée lumineuse mais froide, avec un vent fort, dans la dernière semaine de mai. Les deux sœurs étaient assises dans une loggia vitrée, un ancien balcon aménagé, où leur mère, il y avait bien longtemps, aimait à jouir du soleil printanier. La table était parsemée des papiers que l'agent d'affaires avait laissés. Félicia ôta ses lunettes et regarda dehors.

"Les photos, c'est bien fini ! dit Nina. Je n'en ai pas envie. Je me demande comment tu as fait pour m'amener à pareille idiotie ?"

* En allemand dans le texte : "cet éveil printanier".

“Quelqu’un d’enthousiaste...” commença Félicia, mais la mimique que fit Nina l’empêcha de terminer sa phrase. “Tu ne trouves pas ?” demanda-t-elle, très vite.

“Une enjôleuse, dit Nina. Comment appelions-nous ça jadis ? Faire de la lèche ?”

“Mais non, tu te trompes. Elle est très nature. Oui, oui, bonjour !” Félicia se leva, frappa contre la vitre et fit comprendre à Wanda Meening, en bas, qu’elle pouvait entrer par la porte de derrière. “Tu ne devrais pas t’habiller ?”

Nina resserra les pans de sa robe de chambre en tissu éponge brun délavé, une sorte de froc, d’où dépassaient ses pieds nus dans des sandales de raphia.

“Je n’attends pas de visite. Je remonte dans ma chambre.”

“Je voudrais vous demander quelque chose.” Wanda se trouvait déjà à la moitié des marches.

“Oui ?” dit Nina d’une manière qui ne pouvait s’interpréter comme une invitation à monter. Elle regardait le visage levé vers elle, avec sa couronne de courtes boucles brunes. Les yeux noirs brillaient, pénétrants, ingénus, mais entre les lèvres entrouvertes, elle vit luire une rangée de petites dents pointues, comme celles d’un rongeur, un furet.

“J’ai été très sotte, je crois...” Maintenant Wanda se mordillait la lèvre inférieure de ces petites dents et prenait l’air contrit.

“Allons, vous ne voulez pas venir vous asseoir ici ! appela Félicia. Mlle Mees nous a préparé du café.”

Nina entra d’un pas décidé dans sa chambre mais laissa la porte ouverte derrière elle. Si elle avait pu croire que la politesse due à Félicia et l'envie d'une tasse de café l'auraient emporté chez Wanda sur l'intérêt que lui portait la jeune femme, un intérêt qu'elle commençait à trouver passablement ennuyeux, elle se trompait. Wanda entra sur ses talons. D'un œil avide, elle saisit tous les détails, le lit encore défait dans la grande pièce vide, les valises ouvertes d'où sortaient des vêtements. Nina débarrassa l'unique chaise d'une brassée d'étoffes qu'elle jeta sur le lit.

Elle sortit un paquet de cigarettes de sa poche et à petites secousses en fit glisser à moitié une cigarette qu'elle présenta à Wanda ; celle-ci ayant remercié, elle l'alluma pour elle-même.

"Asseyez-vous. Qu'y a-t-il de si grave ?"

"Les photos que j'ai faites de vous..." commença Wanda.

"Elles doivent être horribles. Jetez-les", dit Nina. Elle s'empressa d'ajouter : "Et ne recommencez pas. Il y a dans le quartier des choses bien plus belles à photographier qu'une vieille bique dans mon genre."

"Les photos sont réussies. Mais j'aurais dû préciser qu'elles étaient destinées à un journal."

Nina enleva de sa bouche la cigarette qu'elle tenait entre le pouce et l'index. A travers un nuage de fumée, elle regardait attentivement Wanda, mais sans rien dire.

"Pour *Le Messager*, continua Wanda en butant sur ses mots. Le journal local, il est distribué partout dans les boîtes aux lettres, la qualité s'améliore, il y a souvent de très bons reportages, et vous êtes un sujet d'actualité."

"C'est déjà paru ? demanda Nina. Je suis déjà dans le journal ?"

"Un ami, Joost Braam, est journaliste au *Messager*, il voudrait vous interviewer et on publiera mes photos avec son article. Vous voulez les voir ?" Wanda ouvrit son sac. "Vous pouvez choisir."

"Pas question, dit sèchement Nina en se levant. Pas d'interview, pas de photos. Je ne veux pas en entendre parler."

Félicia apparut sur le seuil avec un plateau. "Le café refroidit. Mon Dieu, quel désordre !" Elle hocha la tête en grondant gentiment : "Nina, Nina, nous allons tout à l'heure accrocher toutes tes affaires dans l'armoire du bas."

"Pas la peine, merci !" Nina but sa tasse d'un trait, tira une serviette de bain du monticule de linge entassé sur le lit et sortit.

"Votre sœur m'en veut", dit Wanda, la mine déconfite. Elle était maintenant assise avec Félicia, au salon, devant une seconde tasse de café.

"Pas du tout, c'est sa manière d'être. Dans le fond, elle ne veut pas faire de peine. Puis-je voir les photos, moi aussi ?"

Félicia porta la main à ses lunettes qui pendaient à son cou par une chaînette.

"Mais je les trouve parfaitement réussies. Nina n'était pas satisfaite ?"

La voix douce et polie ne manqua pas son effet. Wanda se rendit compte que, lors de sa précédente visite (tout entière occupée de Nina Sanglar comme elle l'était), elle n'avait que peu ou pas du tout – et à tort – prêté attention à cette aimable personne. Un je ne sais quoi dans les manières de Félicia lui disait qu'elle avait désormais trouvé une alliée. Elle recommença son histoire, sur *Le Messager*, Joost Braam, et sa contribution à une publication éventuelle.

"Qu'est-ce que je dois faire maintenant ?" demanda-t-elle pour finir. Elle était en colère contre Diederik dont l'esprit pointilleux l'avait mise dans cette situation embarrassante. Si elle avait pu montrer une seule de ces photos à Joost Braam, les choses, pensait-elle, se seraient passées tout autrement.

"L'affaire est-elle si grave ?" Félicia se pencha en souriant et effleura du bout des doigts la joue de Wanda, comme elle l'aurait fait à l'égard de sa propre fille dans le rôle de confidente, de conseilière.

"Vous comprenez, c'est extrêmement important pour moi, dit Wanda, en retenant un instant contre sa joue la main de Félicia. Je vous en prie, pourriez-vous en parler à Mme Sanglar ?"

"Ah, je regrette beaucoup, mais j'ai peur que de ce point de vue il ne soit pas possible de parler avec ma sœur. Elle ne veut plus de publicité, je n'ose pas insister… Il est arrivé tant de choses ces dernières années, nous avons perdu le contact. Que cela reste entre nous…"

"Naturellement", murmura Wanda. Elle maudissait intérieurement tous ces obstacles barrant une route qui semblait, peu de temps auparavant, conduire tout droit au but visé. Elle baissa la tête et, perdue dans ses pensées, elle se mit à triturer les extrémités de sa ceinture. Elle sentit le regard soucieux de Félicia posé sur elle. Mue par son intuition, elle joua le rôle qu'on attendait d'elle.

"Je ne suis pas dans la profession, pas encore, c'est terriblement difficile d'y entrer et de se faire accepter des gens de presse. Mais, dans l'avenir, je veux être indépendante. Vous comprenez ce que je veux dire ? Je dois me débrouiller toute seule, c'est nécessaire !" Elle ravala ses larmes.

Félicia pensait comprendre. Elle fut prise de compassion pour cette jeune femme qui, visiblement, se débattait avec la crise se produisant autour de la trente-cinquième année (plus de jeunes enfants à la maison, pas de métier, le sentiment que la famille pourrait se passer de vous). Elle-même ne se souvenait pas d'avoir jamais souffert de cette crise, les différentes phases de son existence s'étaient enchaînées sans coutures pour ainsi dire. La tâche de femme de diplomate l'avait tellement accaparée qu'elle ne s'était pas vue vieillir. Son insatisfaction s'était manifestée plus tard, quand Roelof avait pris sa retraite et qu'elle avait compris qu'elle n'avait pas réellement vécu. Wanda Meening avait encore le temps, l'occasion de se pencher sur la question : qui suis-je, qu'est-ce que je fais de ma vie ? Elle avait encore la possibilité de choisir. Mais elle n'avait pas le droit de se tromper ! Félicia se sentait appelée non seulement à aider Wanda à traverser saine et sauve cette accélération du cours de sa vie, mais aussi à protéger l'unité de cette petite famille, avec cet homme sympathique et la fillette rigolote et têtue (elle avait fait leur connaissance quelques jours auparavant). D'abord, il fallait dissiper la déception de Wanda, son sentiment d'avoir échoué. Félicia savourait le plaisir de se sentir pleine de sérénité et de sagesse. Elle pouvait maintenant exercer sur Wanda cet ascendant maternel dont ses propres enfants souhaitaient se passer, repliés dans une attitude critique qui ne cessait de l'ulcérer.

“Ecoutez-moi, je crois que je tiens une solution. J'ai en ma possession des textes d'interviews que ma sœur a accordées, il y a quelques années. J'aurais aimé en parler avec elle, mais elle n'y est pas disposée. Si je vous donnais ces extraits ? Faites-les lire à ce journaliste. Après tout, ils ont déjà été publiés. Un autre journal a bien le droit d'en reproduire quelques lignes. Cela arrive tous les jours. Tout n'est pas réutilisable", s'empressa-t-elle d'ajouter, en guise d'avertissement (elle était prise d'un doute : avait-elle raison de remettre entre des mains étrangères les déclarations extrêmes de sa sœur ?). "Mais vous le verrez bien vous-même. Nina peut être d'une grande violence. Elle a connu des heures très difficiles en Argentine."

"Mais et mes photos ? J'ai besoin de son autorisation pour cela."

Wanda essuya ses cils humides du revers de sa main.

"Un peu de patience ! Donnez à Nina le temps de réfléchir. Je vais chercher les coupures de journaux."

Pendant que Félicia était occupée dans la chambre à coucher attenante, Wanda tambourinait d'impatience sur les accoudoirs de son fauteuil. A quoi lui servaient les articles, si Nina Sanglar persistait dans son refus qu'on publie les photos ?

Félicia revint et posa un dossier ouvert sur les genoux de Wanda.

"Regardez. Cela date de l'année quatre-vingt, non de l'année quatre-vingt-un, c'est écrit ici."

"Mais c'est de l'espagnol ! s'écria Wanda. Je ne le parle pas."

"Ah oui, bien sûr, que je suis sotte !" En hochant la tête, Félicia reprit les coupures de journaux et la chemise cartonnée. Devait-elle proposer son aide à Wanda ? Ce serait aller trop loin. Mais comment effacer la proposition qu'elle venait de faire à Wanda sans accroître son sentiment de frustration ? Elle cherchait un argument acceptable quand Wanda eut elle-même une inspiration : "Vous pouvez me les donner ? Je connais quelqu'un qui pourra me les traduire."

13

Nous aimerions bien faire savoir à Nora Munt, née Bloemcamp, combien nous trouvons admirable (dans la meilleure tradition des femmes de notre quartier, songeons seulement aux années de guerre !) qu'elle se soit occupée de Lenny Meening, depuis que l'enfant n'a plus de mère – mais Nora, d'un abord déjà difficile, ne se montre actuellement que très peu ou jamais hors de chez elle.

Bon nombre d'entre nous (ceux qui appartiennent à la génération née juste après la guerre) ont été à l'école avec Nora Bloemcamp : une fillette au visage menu, vieillot, au regard gris sévère derrière les grosses lunettes. On la surnommait Musy, Musy Bloemcamp. Tout le monde la plaignait parce qu'elle n'avait plus de père (nous n'avons jamais su de quoi il retournait exactement, mais il y avait quelque chose de bizarre dans cette histoire) et qu'elle vivait très "petitement" comme on disait alors, avec sa mère, une femme aigrie qui s'échinait comme dactylo, dans un logement situé au-dessus d'un des commerces du village. Mais, en même temps, elle forçait*

* Néerlandais : *muisje*, "petite souris, musette".

le respect, oui, elle nous en imposait d'une façon presque inquiétante, car elle était toujours la première en classe, au lycée comme à l'école primaire. Cette exemplarité proverbiale ne nous incitait pas à la taquiner – il n'y avait pas en nous de méchanceté délibérée – mais bien à garder nos distances instinctivement, ce qui pouvait aller dans le pire des cas jusqu'à la mise en quarantaine. Mais tout aussi promptement nous redevenions de bons camarades qui protestaient à chaque fois que des parents, par exemple, tentaient d'écarter Musy d'une fête ou autre activité collective en raison de la particularité de sa situation sociale.

Musy supportait stoïquement en apparence les hauts et les bas de son sort ; nous employons à dessein l'expression " en apparence", car il y a des gens au village et dans le quartier pour avoir été témoins par hasard – et sans s'interroger alors sur ce qu'ils virent ou entendirent – de manifestations non équivoques de confusion psychique. Le propriétaire d'une papeterie peut raconter comment il surprit un jour Musy en train de glisser dans son cartable un étui contenant des stylos : il l'emmena dans l'arrière-boutique pour en discuter avec elle, mais il ne voulut pas donner de suite à l'affaire ; devant le mutisme farouche de la fillette, il fut décontenancé : c'était tout à fait Musy Bloemcamp !

Il y a aussi la dame qui promenait son chien, un mercredi après-midi, et qui aperçut, à sa grande stupéfaction, une adolescente occupée à arracher à pleines poignées et à déchiqueter sauvagement les fleurs des forsythias et des diervilles d'un massif de jardin public. La promeneuse fut estomaquée par ce geste de vandalisme venant d'une gamine qui semblait pourtant si convenable avec sa jupe plissée écossaise et sa queue de cheval blonde. Pourquoi ne se trouvait-elle pas au tournoi de tennis, comme tous les jeunes du quartier ?

Nous n'avons pas davantage compris, nous, ses camarades de classe, ce qui lui a pris à une soirée d'anniversaire : alors que la fête était à son comble (assis sur le sol, à la lueur des bougies, nous écoutions à plein tube de la musique des Rolling Stones), elle se leva, s'affaissa brusquement et ne bougea plus. Cet évanouissement se prolongea d'une manière inquiétante, certainement trois quarts d'heure ; les parents de celui qui nous recevait chez lui arrivèrent à point nommé, un appel téléphonique tira de son lit le médecin de famille, le Dr Meening, il fallut rallumer toutes les lumières, la musique se tut, la fête était finie. Quelqu'un a-t-il jamais su ce qui s'était passé ? Tout d'un coup, Musy a rouvert les yeux, et elle s'est mise sur son séant, a marché et parlé comme si de rien n'était. Le docteur la ramena en voiture chez elle et Diederik Meening (qui, avant l'arrivée de son père, avait pu faire la démonstration de sa science de secouriste acquise chez les scouts) se trouvait avec eux.

A la suite de cet incident, nous avons longtemps cru que Nora Bloemcamp souffrait d'une maladie cachée. En réaction, chacun fut désormais avec elle d'une gentillesse qui restait vigilante. Ces dispositions d'esprit semblaient incarnées en la personne de Diederik Meening qui fut régulièrement aperçu en sa compagnie durant l'été de la dernière année scolaire, à bicyclette dans le village ou dans le bois, faisant du bateau sur la rivière. C'était comme s'il agissait en notre nom à tous et faisait ainsi de Musy une fille comme les autres. Pendant cette période, le surnom perdit aussi sa signification. Plus d'un remarqua que Nora avait une silhouette mince et élégante, et que ses yeux gris, agrandis par ses verres correcteurs, donnaient à son visage un éclat particulier. Les garçons se rendaient compte de sa présence, chose qui ne s'était jamais produite encore. Mais elle ne sortait qu'avec Diederik Meening. Qui pourra dire ce qu'il serait advenu de cette idylle si les examens de fin d'études n'avaient accaparé toute l'attention ? C'était en soixante-cinq ou en soixante-six, ensuite le groupe auquel nous appartenions s'est dispersé. Certains sont entrés dans la vie active, d'autres à l'université. Diederik Meening partit pour Delft, si nos souvenirs sont exacts. Et Nora Bloemcamp ? Le proviseur de notre lycée ressentit comme une offense personnelle son refus de demander une bourse universitaire. La meilleure élève de sa génération choisit une formation de secrétaire, avec l'espagnol comme quatrième langue.

N'allons pas donner l'impression que nous n'avons aucune estime, aucune admiration pour la manière dont Nora, par des chemins détournés – on peut le dire –, sut tirer le meilleur parti de sa situation. Avec un dévouement exemplaire, pendant ses années de formation, elle s'est occupée de sa mère dont la santé était toujours précaire ; plus tard, alors qu'elle avait un métier très prenant et n'habitait plus le village, elle venait chaque semaine rendre visite à la malade, à la maison de santé locale. Ceux qui la rencontraient à cette époque ne manquaient pas d'être surpris par les changements intervenus dans son apparence et son attitude. La jeune femme à l'allure dégagée, vêtue avec une sobre élégance, qui remercia les personnes présentes après la cérémonie d'incinération (à la suite de l'annonce du décès paru dans Le Messager, *quelques-uns parmi nous sont venus rendre un dernier hommage à Mme Bloemcamp) ne ressemblait plus en rien à Musy.*

Nos pensées, aujourd'hui, se tournent régulièrement vers elle car depuis que la Maison bleue est démolie et que Wanda Meening a disparu, en un certain sens, c'est Nora qui incarne le "génie" d'un lieu si particulier pour notre quartier.

14

L'attachement de Nora Munt à l'endroit qu'elle habitait avait quelque chose d'exalté – elle s'en rendait compte quelquefois. Pour tout dire, elle ne se trouvait bien que là. Ce sentiment intense s'adressait moins à la maison qu'au jardin. A partir de ce morceau d'un terrain qui avait appartenu jadis à la Maison bleue, elle avait créé un ensemble harmonieux de pelouses et de bordures, de massifs d'arbustes et de parterres de fleurs. Elle en avait dessiné les plans, choisi les couleurs et les plantes et avec l'aide de jardiniers expérimentés, en quelques années, elle avait plié à sa volonté cette maigre terre de brande, ingrate à travailler. Avec une patience infinie et une attention constante, non seulement elle réussit à entretenir ce petit paradis mais elle sut y apporter de nouveaux raffinements. C'était son jardin à elle. Otto Munt était trop rarement à la maison aux moments où il aurait pu profiter du jardin s'il l'avait voulu : mais les fleurs et les plantes ne l'intéressaient pas. Il donnait son accord à toutes les dépenses engagées pour le jardin car du living ou de la terrasse, ce dernier offrait une vue sur laquelle chacun ne manquait pas de s'extasier. Ce décor donnait un cachet particulier aux réceptions qu'ils offraient chez eux. L'été, il lui arrivait de lire les journaux dans une chaise longue, sous un parasol. Les deux garçons, Bart et Dick, avaient si souvent entendu que la pelouse n'était pas faite pour qu'on y tape dans un ballon et que jouer à cache-cache ou aux gendarmes et aux voleurs abîmerait les massifs, qu'ils avaient pris l'habitude d'éviter le jardin et d'aller s'amuser dans le bois attenant ou sur les terrains de sport du quartier.

C'étaient deux garçons robustes, bien bâtis, pas sots en plus, de onze et treize ans. La phase où il était nécessaire et souhaitable de s'occuper d'eux constamment était dépassée. Nora avait établi un emploi du temps et une répartition des tâches quotidiennes, grâce à quoi tout marchait comme sur des roulettes à la maison. Bart et Dick n'avaient jamais rien connu d'autre ; tout allait de soi peut-être parce que ni la nature laconique de leur père ni l'esprit méthodique de leur mère ne leur étaient étrangers. On n'avait pas à regarder à la dépense chez les Munt, mais les garçons n'étaient pas gâtés pour autant. Nora connaissait la valeur de la discipline. Otto Munt était généralement en voyage d'affaires et c'était donc elle qui exerçait sans conteste l'autorité parentale. Les garçons trouvaient ça normal. Ils ne détestaient pas leur père et n'étaient pas attachés à leur mère outre mesure.

Nora avait voulu des enfants, mais cette décision ne provenait pas en premier lieu du besoin affectif d'être mère, c'était peut-être surtout parce que élever, éduquer représentaient un défi, exigeaient un haut niveau d'inventivité, de capacité à préparer, anticiper, mettre en application au bon moment, toutes choses qui avaient permis à la Musy Bloemcamp de jadis de dominer n'importe quelle matière scolaire avec une aisance supérieure.

Nora se demandait parfois si le fait que ses enfants soient nés d'une relation amicale, basée essentiellement sur des considérations pratiques, n'avait pas été déterminant pour le développement continu et sans heurts de leur personnalité ; il n'avait jamais été question, ni chez l'un ni chez l'autre, de fixations inconscientes ou de troubles du comportement, du moins à ce qu'il semblait. Nora n'avait jamais détecté la preuve du contraire. Dick, onze ans, était un garçon robuste et extraverti, qui excellait dans toutes les activités physiques ; chez son aîné, Bart, porté à chercher le pourquoi et le comment des choses – curiosité pour le moment exclusivement centrée sur les moteurs et les appareils électriques –, elle reconnaissait un trait de son propre caractère.

Dans son jardin, Nora oubliait le réalisme et la sécheresse de sentiments qui définissaient ses rapports avec ses enfants et étaient devenus une seconde nature. Les fleurs et les plantes, même les vivaces, restaient fragiles et dépendantes de ses soins. En poussant, elles ne se détournaient pas d'elle, au contraire elles se développaient vers elle. Elle ne connaissait pas de plus grand bonheur que les heures tranquilles où elle était assise sur ses talons devant ses plates-bandes, avec le sécateur et la binette. Les combinaisons de formes et de couleurs étaient infinies, invitaient à de nouvelles expériences. Elle avait eu un été bleu-mauve, un autre rouge orangé et même un blanc-argent. Cette beauté lui apportait quelque chose qu'elle n'avait pas trouvé dans sa relation avec les hommes – à l'exception d'une seule fois, oui, où elle avait trouvé ou cru trouver ce qu'elle cherchait, il y avait longtemps, un bonheur bref mais intense ; il lui semblait maintenant avoir rêvé.

Son jardin et le toit bleu qu'elle apercevait de tous les coins du jardin avaient pour elle une signification symbolique ; une force magique y était cachée qu'elle ne voulait pas définir avec des mots, de peur de la briser.

15

Depuis que les sœurs Lunius sont parties, quelque chose semble avoir changé chez les Munt. Otto Munt ne rentre plus chez lui du samedi au lundi, qu'une fois toutes les six à sept semaines. Il a toujours beaucoup voyagé, parfois des mois d'affilée, mais ces périodes d'absence n'ont pas le même caractère. Nous n'aimons pas Otto Munt. Nous autres, du quartier, nous n'avons jamais pu le considérer comme l'un des nôtres. Non pas que nous ayons quelque chose contre les hommes d'affaires. Mais avec ses vestons de tweed anglais, ses pulls à col roulé, ses chaussures custom made, *sa Jaguar, l'arrogance de celui qui brasse des millions, Otto Munt ne nous plaît pas. L'homme n'est pas vulgaire, même si son accent révèle qu'il ne sort pas d'un milieu où, façon de parler, on suce le bon néerlandais avec le lait de sa mère. Avec ses yeux bleu clair, sa moustache couleur sable et sa manière de jouer négligemment avec ses gants de conduite en peau de porc quand on tombe sur lui par hasard, il a un faux air de Britannique habitué des champs de courses et des pubs où l'on parie gros. Naturellement, il monte à cheval, il joue au golf. Si seulement nous avions affaire à un honnête lascar, un fils du peuple mal dégrossi, roulant sur l'or mais sans manières, dont les balourdises sociales nous feraient sourire et nous donneraient un sentiment de supériorité ! Mais Otto Munt est un snob, et cela, avec un détachement que nous pourrions pardonner à un aristocrate, mais que nous trouvons insupportable chez un parvenu. Peut-être trouvons-nous insupportable son attitude parce qu'elle est l'agrandissement, en quelque sorte, de tendances qui existent en nous mais auxquelles nous ne pouvons pas céder, tout simplement parce que nous n'en avons pas les moyens.*

Nous ne savons pas exactement en quoi consistent les affaires d'Otto Munt. Il paraît qu'entre autres il possède en copropriété un certain nombre de casinos élégants qui sont apparus sur la côte de la mer du Nord. On dit qu'il prend de gros risques à chaque fois. Il aime le changement. Tout lui réussit. Quant à nous, il nous ignore ; depuis le début, il a fait nettement comprendre qu'il ne souhaitait aucun contact avec le village, le quartier. Il habite ici parce que sa femme le veut.

Nous n'avons toujours pas compris pourquoi Nora Bloemcamp a épousé un homme de ce type. Qu'a-t-elle bien pu lui trouver, la Musy secrète et critique ? S'agit-il des démangeaisons d'une vieille blessure, se venge-t-elle d'humiliations anciennes en confrontant le quartier à la richesse d'Otto ? Selon l'agent immobilier, elle a remué ciel et terre pour pouvoir acquérir la parcelle boisée jouxtant la Maison bleue, sur laquelle la Fondation pour les résidences du troisième âge avait déjà plus ou moins pris une option. Elle déclina toutes les propositions touchant d'autres terrains bien situés, sans même vouloir se rendre compte par elle-même. C'est elle visiblement qui menait l'opération. Et il était clair qu'Otto Munt avait à cœur de faire plaisir à sa femme. Certains prétendent qu'il a dédommagé la Fondation pour la bagatelle de quelques millions. Personne ne peut nier que Nora Munt ait visé juste en optant pour une simplicité luxueuse, en ce qui concerne l'architecture et la décoration intérieure de son bungalow. C'est un secret de Polichinelle qu'elle avait été recrutée par petite annonce comme secrétaire de direction au bureau de Munt. Qu'elle se soit rendue indispensable dans cette fonction, nous n'en avons jamais douté. Mais comme femme, peut-elle séduire un Otto Munt ? Il a le bon goût – heureusement pour elle – de ne pas exhiber ses aventures, ici, au village. Nous savons de source sûre qu'il a été vu, à Amsterdam, à La Haye et dans ses voyages à l'étranger en compagnie d'une autre femme. Nous n'avons jamais remarqué que Nora en fût affectée, nous nous sommes même souvent demandé si elle était au courant. Mais nous pouvons nous tromper. Maintenant que Nora Munt est beaucoup plus présente dans nos pensées et nos conversations, tout un tas de faits qui nous avaient échappé autrefois remontent à la lumière. Ainsi, nous savons par une femme de ménage qui a travaillé chez les Munt qu'ils faisaient chambre à part depuis des années. Ils ne vont jamais en vacances ensemble. D'ordinaire les fils Munt participent à des camps d'équitation ou de sports nautiques, avec d'autres enfants du quartier. A vrai dire, nous avons toujours trouvé très normal et naturel que Nora Munt passe ses étés dans ce jardin, magnifique, certes, mais exigeant beaucoup d'entretien.

16

"Hello, Nora !" C'était la voix de Wanda Meening derrière la haie. Nora regarda par-dessus les forsythias en pleine floraison, un jaillissement de gouttes d'or.

"Bonjour Wanda", répondit-elle. Le ton n'était pas inamical, mais sans enthousiasme.

"Je peux ?" Wanda se fraya un passage en écartant les arbustes. "Il y a des siècles que je ne t'ai pas vue. Tu as un jardin de rêve ! Il faut que je prenne vite une photo ! Est-ce que tu sais que je me suis mise à la photographie ? Je développe moi-même, j'ai une chambre noire."

"Mes compliments."

Wanda jeta un coup d'œil oblique vers le visage étroit de Nora, d'une pâleur mate. Parfois elle se demandait s'il y avait ou non de l'ironie dans les propos de sa voisine. Elle trouvait Nora un peu étrange. Sans doute ne se seraient-elles pas fréquentées si Nora n'avait pas été autrefois dans la classe de Diederik. Les Meening habitaient dans la remise à calèches depuis quelques années déjà quand, par une chaude journée d'été (ils étaient assis sur leur terrasse à moitié achevée), Otto Munt vint pour la première fois avec femme et enfants voir où en étaient les travaux du bungalow.

"Mon Dieu, mais c'est Musy !" s'écria soudain Diederik, qui observait le groupe déambulant entre les arbres sur le terrain de la maison en construction. Il se leva à demi de son fauteuil puis se rassit.

"On y va, bien sûr ?" insista Wanda, quand il lui avait appris qui était Musy. Mais ce n'est que bien plus tard, quand les Munt étaient déjà installés, qu'elle avait réussi à le convaincre d'aller dire bonjour à son ancienne camarade de classe, et de la présenter, elle, Wanda. Tout ça était trop bête, d'après elle : "Pourquoi faire tant de manières ! Tu les connais pourtant !" "Elle, pas lui", répondit Diederik.

La relation amicale qu'avait escomptée secrètement Wanda n'eut pas lieu. Après l'échange de visites destinées à faire connaissance, il fut clair que les gens qu'aimait fréquenter Otto Munt appartenaient à une autre catégorie que les Meening. Dans les cocktails auxquels Diederik et Wanda étaient conviés en qualité de voisins et copropriétaires de ce qui fut le "parc" de la Maison bleue, ils étaient plutôt perdus au milieu des hommes d'affaires et de leurs épouses qui tous se connaissaient et se voyaient régulièrement dans des voyages, des réceptions et des restaurants chic. Comparée à Nora Munt, Wanda se sentit plus que jamais sotte et maladroite. Nora faisait tout dans les règles, comme il convenait, en soignant les moindres détails. Mais elle n'était pas vraiment aimable. On ne pouvait pas dire non plus que son attitude était hautaine. Wanda ressentait plutôt une grande réserve de sa part, comme si elle était dans l'expectative, mais Wanda ne comprenait pas pourquoi.

“Cette Musy, tout de même !” disait souvent Diederik, et il y avait dans sa voix un respect étonné. Wanda apprit les raisons du surnom donné à Nora à l’école, et se mit à chercher désormais la petite maigrichonne de jadis dans sa voisine toujours si olympienne. La supériorité de Nora devenait tolérable, à partir du moment où elle s’imaginait les yeux gris derrière des verres épais (Nora portait désormais des lentilles) et où elle privait le visage mince de son maquillage discret mais irréprochable et des ondulations souples qui l’encadraient avec goût. Wanda subodorait en Nora quelque chose d’étriqué et de sec qui la réconciliait avec sa propre nature impétueuse et remuante.

“Tu as déjà rencontré les dames de la Maison bleue ?” demanda-t-elle, tout en ramassant obligeamment les branches de forsythia que Nora venait de couper, et en les rassemblant en bouquet.

“Non, et toi ?”

Wanda fit signe que oui. “Je suis allée les voir.”

“Et alors ? Elles sont aimables ?”

“Elles sont… spéciales. Celle qui a été danseuse, ou quelque chose comme ça, et a eu tout un tas d’activités politiques, Nina Sanglar, c’est une femme très intéressante.”

“Oui, j’ai beaucoup entendu parler d’elles, jadis, répondit Nora. Je rentre. Tu m’accompagnes ?”

Wanda était venue assez souvent dans le bungalow des Munt ; mais, à chaque fois, elle était prise au dépourvu devant la pièce en forme de méandre, séparée du bois et du jardin par de simples parois vitrées. Dans le mobilier et les tissus d’ameublement dominait une combinaison de rouge éteint et de gris granitique se répétant en camaïeu, les tonalités de la rouille, du sol, des pierres. Autant le jardin de Nora était plein de couleurs (d'avril à octobre) et de compositions imaginatives (des petits tertres, des bosquets), autant l'intérieur de sa demeure semblait austère et sombre. La cour intérieure, avec ses plantes aux larges feuilles vert foncé, lui faisait penser au portique d'un crématorium.

Nora posa les brassées de forsythias sur le sol.

"Veux-tu que je t'aide à les mettre dans des vases ?" demanda Wanda.

"Non, merci, c'est pour l'hôpital."

Wanda ne voulait pas perdre son temps à parler de choses et d'autres, dans cette maison qui faisait penser à une grotte ou à une gorge montagneuse, où elle ne se sentait jamais complètement à son aise.

"Dis-moi, tu connais l'espagnol. Tu as bien appris l'espagnol dans tes études ?"

"Effectivement, je le parle. Pourquoi ?"

"Tiens !" Wanda sortit un dossier de son sac, le tendit à Nora. "Regarde ! Tu peux lire ça, sans aucun doute." Elle suivit le va-et-vient de son regard.

"Oui, dit Nora. Cela ne me semble pas difficile."

"Veux-tu traduire ces textes ? Ils concernent Nina Sanglar."

"Je vois. Des interviews, ou quelque chose d'approchant ?"

"Joost Braam, du *Messager*, tu le connais, vous étiez bien dans la même classe que lui, toi et Diederik, à l'école primaire ? Eh bien, il va créer une maison d'édition et il voudrait faire un livre de tout ça, en y publiant les photos que j'ai prises de Nina Sanglar la semaine dernière."

Wanda venait d'avoir cette idée une heure plus tôt. Elle trouvait que c'était une trouvaille géniale, bien supérieure à un article dans *Le Messager*. Ses photos s'en trouveraient ainsi mises en valeur. Elle était sûre qu'elle pouvait convaincre Joost Braam. Elle se souvenait qu'il lui avait un jour parlé de son projet d'abandonner le journalisme pour devenir éditeur. Il rêvait de publier de petits livres dans une édition spéciale sur des sujets spéciaux. Nina Sanglar était spéciale.

"Lettre ouverte aux Folles de la plaza de Mayo, Nora commença à lire lentement, à voix haute. *Brave abuelas*, femmes courageuses et tenaces... qu'avez-vous obtenu par vos défilés silencieux devant la Casa Rosada ? Combien sont revenus, de ceux qui vous sont chers et qui ont disparu ? Et ceux dont vous ne savez même pas s'ils sont encore en vie, combien sont-ils ? Pire : combien d'entre eux ne préféreriez-vous pas savoir morts plutôt que vivants dans les mains des bourreaux ? Ils vous appellent les «Folles», pour se railler de vous... vous avez fait longtemps honneur à ce nom – mais maintenant je vous le dis, vous êtes réellement folles si vous continuez à tourner en rond sur la plaza de Mayo, comme des ânes à œillères qui font tourner la meule... Une seule voie possible : la destruction implacable d'une société qui donne le pouvoir à des assassins, à des bourreaux, et à leurs partisans. Seule une angoisse mortelle peut briser la masse, mais aussi la pousser à abandonner cette attitude du *No te metas !*, ne t'en mêle pas ! qui nous est propre en Argentine. Si elle est prise de panique, la majorité silencieuse, celle qui a tout accepté, devient un colosse qui pulvérisera les exploiteurs et les sadiques. Du chaos naît un monde nouveau. Créons ce chaos, par la violence s'il le faut."

Nora se tut et émit un petit sifflement. "Elle n'y va pas de main morte ! dit-elle, après un temps. Que comptes-tu faire de ça ?"

Tout en écoutant d'une oreille ce que lisait Nora, Wanda avait songé à Nina, telle qu'elle l'avait vue la dernière fois, avec ses cheveux rouges en bataille et la cigarette au coin de la bouche. Passionnée, différente ! Nina ferait-elle une objection à une publication sérieuse, sous la forme d'un livre ? Wanda ne pouvait se l'imaginer. Elle prendrait immédiatement contact avec Joost Braam, sur lequel elle pensait avoir une certaine influence. Il l'écoutait toujours.

L'impatience s'empara de tout son être comme une poussée de fièvre, elle ne pouvait simplement plus attendre, elle devait agir.

"Je veux entreprendre quelque chose, comprends-tu, je deviens dingue à rester chez moi. Comme toi, s'occuper à créer un décor, à soigner des plantes vertes, je ne suis pas faite pour ça. Diederik dit que..." Elle s'arrêta net. Si elle se laissait aller à des confidences, elle ne pourrait pas décemment partir tout de suite comme elle avait l'intention de le faire. Elle ignora le regard de Nora soudain fixé sur elle, ainsi que son "oui... ?" qui était un encouragement à poursuivre.

"Tu les traduiras ?" demanda-t-elle encore.

Nora Munt eut un sourire, le premier de ce matin-là.

"Peut-être. Je veux d'abord les lire attentivement."

17

Nous autres, du quartier, nous avons toujours manifesté à Joost Braam une forme d'intérêt bienveillant. Nous connaissons depuis les bancs de l'école le fils du propriétaire du magasin d'articles exclusifs pour fumeurs, chez qui nos parents achetaient déjà leurs marques préférées de cigares et de cigarettes, et dont nous sommes devenus nous-mêmes de fidèles clients au fil des années. Après son brevet, il est venu aider son père au magasin et en même temps s'est inscrit à un cours de journalisme par correspondance. Il n'en fallait pas plus pour nous donner l'impression qu'il était déjà relativement indépendant, alors que, nous-mêmes, nous étions au lycée, à quelques années du baccalauréat. Personne ne s'étonna quand il fut engagé comme reporter au Messager. *Au contraire, les habitants du quartier ont suivi sa carrière avec une attention amusée. Il n'y avait pas un match de tennis ou une compétition de voile, pas un événement local de quelque importance (jubilé, inauguration, hommage officiel) sans Joost Braam, avec sa carte de presse dans l'étui plastifié, épinglée bien en vue sur sa poitrine. Un petit malin ! c'était l'opinion générale. Il s'est vite rendu indispensable au* Messager. *Ses articles montrent avec quel sérieux et quelle persévérance il a travaillé à sa culture générale. Le choix de ses sujets témoignait parfois pour notre goût d'une prétention intellectuelle forcée mais nous comprenons qu'on peut s'attendre à cela de la part de quelqu'un qui s'élève à la force du poignet. L'exposition de photos de presse internationales qu'il a organisée l'année dernière dans l'unique galerie d'art que compte notre quartier était bel et bien, selon beaucoup d'entre nous, d'une prétention excessive. Les photos exposées proposaient toutes des gros plans de visages. Des enfants muets de terreur, des femmes se lamentant, des Noirs aux bouches tordues par des cris de rage ou des hurlements de triomphe, des masques d'Asiatiques figés, regardant fixement devant eux. "A quoi ça rime ?" (ou quelque chose comme ça) : question que posèrent tout haut plusieurs visiteurs d'un certain âge, pendant le vernissage d'une élégance toute citadine qu'avait organisé la galeriste. Mais, en général, la qualité de ce qui était exposé fut reconnue. On photographie assez dans le quartier, même si la vidéo gagne du terrain de plus en plus. Wanda Meening ébahit toutes les personnes présentes par sa fougue à soutenir le projet. On aurait dit une manifestation, comme si elle voulait défendre quelque chose ou quelqu'un contre on ne sait quelles accusations. Depuis, avec l'habitude, nous savons à quoi nous en tenir au sujet de Wanda Meening. Ses réactions impulsives ont autant irrité que prêté à sourire. Ceux qui, dès le début, ont vu que ses foucades menaçaient régulièrement de dégénérer en perte de contrôle de soi, et que la détermination avec laquelle elle passait habituellement des intentions à l'acte pouvait être parfois qualifiée pour le moins d'imprudente, craignent aujourd'hui – espérons qu'ils se trompent – qu'elle n'ait été victime de l'un de ces coups de tête. Cette supposition est, sans aucun doute, également liée à l'impression que les visiteurs ont gardée de ce fameux vernissage : elle se tenait là devant nous, les joues en feu, rejetant d'une main impatiente ses cheveux (qu'elle avait longs à ce moment-là) tantôt sur une épaule, tantôt sur l'autre, et elle glapissait que ceux qui étaient venus là pour voir de belles images en dégustant un verre de vin devaient commencer à comprendre qu'un être humain a bien des manières différentes d'exprimer son sentiment d'être impuissant, manipulé. Un moment pénible ! Certains pensèrent plus tard qu'elle avait trop bu ce jour-là. Quelqu'un nous rappela comment Wanda, alors qu'elle était juste fiancée à Diederik, était apparue à une fête du club de voile avec un tee-shirt à l'effigie de Che Guevara (ça devait être en soixante-huit). Certes, elle ne pensait pas à mal, apparemment elle savait à peine qui était le Che (elle avait reçu le tee-shirt "trop drôle !" d'un ami étudiant comme elle à Amsterdam) mais tout de même ! Son esclandre imbécile lors du vernissage était du même acabit. Sans s'en rendre compte, elle faisait une mauvaise impression. Diederik Meening se trouvait-il là, ce fameux soir ? Rétrospectivement, cela paraît peu probable. Quand les Meening allaient ensemble quelque part, Wanda restait dans son ombre protectrice. Nous autres, dans le quartier (et parmi nous un grand nombre se souviennent du scout Diederik), nous avons toujours trouvé son attitude à l'égard de Wanda aussi touchante qu'irritante. En venait-on à parler du couple, tôt ou tard il y avait quelqu'un pour exprimer ce qui a été pour beaucoup d'entre nous une question, dès le début : Wanda joue-t-elle à la femme-enfant pour satisfaire un besoin informulé de Diederik ? Ou Diederik est-il en quelque sorte forcé d'adopter le rôle de l'homme fort parce que Wanda est réellement une petite créature irresponsable, plus ou moins fofolle ?*

Après l'incident du vernissage, on a vu Wanda au village régulièrement en compagnie de Joost Braam. Il leur arrivait de prendre un café dans l'établissement de la Grand-Rue, et d'après des témoins ils avaient des discussions animées. Quelqu'un, peu importe son nom, a observé ces deux-là, au cours d'une de ces rencontres. Il en conclut que c'était principalement Wanda qui discourait à perdre haleine, selon l'habitude que nous lui connaissons tous, tandis que Joost Braam se contentait d'acquiescer gentiment, plaçait une remarque de temps à autre, écoutait avec patience. L'une des doyennes du quartier – occupée à tricoter dans sa véranda – peut témoigner que Joost Braam, qui était à bicyclette, bifurqua promptement sur un chemin latéral, en voyant Wanda arriver dans le lointain.

Au début de l'été, le bruit courut quelque temps que Le Messager *allait consacrer une série d'articles aux aventures argentines de Nina Sanglar. Nous ne savons pas pourquoi la chose ne s'est pas faite. D'après certains, il y eut un différend sérieux à propos de cette affaire entre le rédacteur en chef, qui aime les textes pimentés, de préférence polémiques (Joost Braam est son reporter-vedette), et le propriétaire du journal, un habitant du quartier, déjà âgé, dont la tendance à tenir frileusement compte des opinions de la communauté calviniste (fortement représentée dans les villages de la région) avait déjà occasionné des tensions dans les bureaux du* Messager. *D'autres rumeurs courent à ce sujet : Mme Sanglar, par le truchement de sa sœur, Mme Van Wicke, aurait demandé une somme exorbitante pour prêter son concours. Quoi qu'il en soit, toute l'affaire a abouti à une rupture entre Joost Braam et* Le Messager. *On dit que Joost va devenir directeur (l'est peut-être déjà) d'une maison d'édition achetée (ou en passe de l'être) par Otto Munt.*

18

"Tu reçois beaucoup de courrier !" Félicia regardait les quatre ou cinq lettres que Nina mit sur une pile, après les avoir lues.

Elles se trouvaient au salon ; les fenêtres étaient grandes ouvertes, l'odeur des lilas portée par l'air frais du matin entrait dans la pièce.

Nina disposa un bloc-notes, du papier à lettres et une boîte allongée devant elle, sur la table : *"Au boulot* !* Il est temps que je me remette au travail."

"Excuse-moi de te poser cette question, Nina, dit Félicia avec quelque hésitation, mais que fais-tu au juste ? De quoi vis-tu ?"

"Je suis voyante, cartomancienne, diseuse de bonne aventure, comme tu voudras."

"Tu ne parles pas sérieusement ?" Incrédule, Félicia regardait sa sœur avec des yeux écarquillés. "C'est une plaisanterie ! C'est bon pour les gogos !"

"C'est un métier comme un autre. L'expérience du show-business est utile. Et puis un peu de psychologie, bien sûr."

"Donc, toutes ces lettres…"

* En français dans le texte.

"Je tire les cartes à ces gens-là. C'est possible, à distance. A Paris, j'utilise aussi le *I-Ching**, mais je dois avoir le client devant moi."

Félicia continuait à hocher la tête, abasourdie. "Tu y crois toi-même ?"

"Il y a une sorte d'interaction entre la personne qui tire les cartes et celle qui vient pour demander un conseil ou apprendre quelque chose. Les réactions des gens me montrent souvent que je suis sur la bonne piste, que je remue des choses qui sont importantes pour eux."

"Tu pouvais raconter des histoires comme personne !" dit Félicia.

"J'ai appris avec la troupe cette manière de tirer les cartes, ça ressemble aux tarots. Certains *compañeros* le faisaient chaque matin, pour savoir ce que serait la journée et déterminer leur conduite. On peut en rire, mais il ne faut pas s'y tromper. J'ai souvent constaté que les cartes aidaient l'individu à identifier ses problèmes. Que ce soit avec des baguettes, des cailloux ou des images… je crois que la méthode est vieille comme le monde."

"Que tu gagnes de l'argent de cette manière ! Comment est-ce possible !"

Nina se mit à rire. "Tu ne t'imagines pas la demande qu'il y a. Je n'ai qu'une clientèle très restreinte, mais elle me permet de vivre. Danser et chanter, c'est fini, et je ne sais rien faire d'autre."

Félicia se représenta sa sœur, assise dans un réduit obscur, à la lueur d'une bougie, avec un crâne et une boule de cristal devant elle, comme les voyantes qu'elle avait vues parfois

* *I-Ching*, ou *Livre du changement*, classique de la mantique chinoise, encore couramment utilisé.

à la foire. Elle crut comprendre désormais pourquoi Nina se teignait les cheveux et portait des vêtements tapageurs.

“Tu veux que je te tire les cartes ? ou est-ce que ça te gêne ?”

“Histoire de plaisanter… commença Félicia, curieuse malgré elle. Oh non ! qu’est-ce que tu crois !” se reprit-elle en hâte, quand elle vit Nina ouvrir la boîte et en sortir un jeu de cartes.

“Je peux aussi le faire pour quelqu’un d’autre, à travers toi.”

Félicia la regarda incrédule, mais ébranlée. “Mais de quelle manière ?”

“Tu choisis quelqu’un. Non, ne me dis pas qui !” Nina se mit à battre les cartes. “Tiens. Pense à la personne que tu as choisie et coupe. Fais-moi voir les deux cartes du dessus, pour la couleur.”

Félicia fit ce qu’on lui demandait. “Un bateau. Et un dessin bizarre, que représente-t-il ?”

“Le bateau signifie : déplacement, une traversée ou un voyage, mais aussi changement, métamorphose. Et là, c’est le feu du ciel, un éclair, un événement imprévu. En général, c’est un signe lié à la violence. Bon, ce sont donc les symboles déterminants. Mais pour les interpréter, nous avons besoin d’autres cartes. Choisis-en treize, dans le paquet de droite ou dans celui de gauche, peu importe, et dispose-les sur la table en cachant les figures. Et pense à ton sujet !”

Avec un petit sourire entendu et des gestes ostensiblement solennels, Félicia aligna les lames sur toute la surface de la table. “Voilà.”

Au fur et à mesure qu’elle suivait les instructions de Nina, Félicia devenait plus grave. En commençant à compter de gauche à droite, elle retourna une carte sur cinq, jusqu’à ce que les treize figures soient devant elle : les Serpents de l'illusion et de la trahison, la Clef du porche, la Lune comme symbole de l'inconscient, de l'irrationnel, la Roue de la Fortune, l'Homme, l'Enfant, la Maison, le Diable, de nouveau un signe renvoyant à l'illusion, la Rencontre imprévue, la Nouvelle, le Choix irréversible, la Décision précipitée. Si l'interprétation que lui donnait Nina d'une figure la laissait perplexe, elle pouvait tirer une carte supplémentaire de l'un des deux paquets, afin d'orienter ses pensées.

“J'ai l'impression d'un certain développement possible, admit-elle enfin. Mais bon, on peut toujours faire dire à ces cartes ce qu'on veut. Ce n'est pas probant ! La séance est terminée ?”

“Non, prends encore une carte. C'est celle qui complète la série, qui donne le sens définitif.”

Félicia sortit une autre lame. La figure noire et argent qui apparut au recto était le symbole de la Mort. Nina regarda sa sœur. “Alors... ?”

“Ah non !” dit Félicia en mélangeant les cartes d'un geste prompt et en les repoussant loin d'elle sur la table.

“C'est ça ?”

“Pas du tout.”

Nina ne demanda rien de plus, et Félicia en fut heureuse. Elle n'avait pas l'intention de révéler qu'elle avait pensé à Wanda Meening.

19

Nora Munt marchait dans son jardin estival et cueillait des fleurs. Elle les choisissait soigneusement, en fonction de la taille et de la couleur, et les déposait dans la corbeille plate qu'elle portait au bras. Elle voulait faire un bouquet pour les dames de la Maison bleue. Elle éprouvait une gêne à penser qu'elle aurait dû leur rendre visite bien plus tôt ; elle prit conscience de la complexité des sentiments qui l'avaient retenue de se rendre dans la maison voisine. De son jardin, elle avait en permanence vue sur le toit bleu, qui, l'été, apparaissait mystérieusement dans le vert fourmillant des hautes frondaisons, en automne, tranchait d'une manière théâtrale sur le feuillage flamboyant, et par les beaux jours d'hiver, était d'un bleu un peu plus foncé que l'azur léger du ciel. Personne ne pouvait savoir ce que ce toit, cette maison représentaient pour Nina. Si elle y repensait, alors apparaissait au coin de ses lèvres ce petit sourire qui parfois faisait dire aux gens à son propos : il n'est pire eau que l'eau qui dort.

Nora ne se serait peut-être pas décidée à effectuer cette visite si longtemps différée, si Wanda Meening ne lui avait pas demandé de faire cette traduction de l'espagnol – ou, pour être plus exact, si Joost Braam ne lui avait pas téléphoné, en rapport avec cette histoire. Par la faute de Wanda, elle le comprenait maintenant, elle s'était laissé entraîner dans une situation désagréable. Elle avait accueilli avec des sentiments mitigés la phrase par laquelle Joost Braam avait entamé l'entretien : "Le chemin n'a pas été direct, mais je t'ai quand même retrouvée !" Ce qu'elle avait su éviter depuis son retour dans le village de sa jeunesse, le contact avec tous ceux qui pourraient lui rappeler le pénible "autrefois", semblait désormais inéluctable.

Quand Mme Bloemcamp, à l'époque, était venue avec Nora s'installer au village, elle avait loué l'appartement qui se trouvait au-dessus de la mercerie voisine du magasin de Braam. Enfants, Joost et Nora avaient joué ensemble sous le porche de la maison et sur le trottoir. Pourtant, il n'avait jamais été question que la famille Braam ou d'autres familles de la rue fréquentent la "dactylo". Nora s'était rendu compte, pendant toute sa scolarité, que les gens évitaient sa mère, non pas d'une manière ouvertement grossière, mais discrètement, comme s'ils s'étaient donné le mot. La conviction qu'il s'était passé jadis quelque chose de triste ou de honteux avait assombri la jeunesse de Nora. Comment pourrait-elle jamais l'oublier ? L'excellence de ses résultats scolaires ne la dédommageait pas de la bienveillance apitoyée, de l'estime tempérée de réserve que ses condisciples du lycée et leurs parents lui témoignaient. Les moments où on la tenait à l'écart, pour des raisons inexpliquées, Nora se les rappelait comme des trous noirs où elle sombrait dans la rage et la dépression. Quand elle rentrait après l'école, avec son lourd cartable sous le bras, elle voyait, depuis le porche, Joost Braam dans la boutique, qui visiblement la guettait. Diederik Meening et les autres garçons de sa classe allaient faire du hockey ou du tennis, ou tournaient à bicyclette autour de certains groupes de filles, mais Joost Braam était derrière le comptoir avec son père ou garnissait les rayons. Avec les reflets de la vitrine qui les séparait, elle n'était pas forcée de le voir. En général, elle réussissait à ouvrir la porte de leur logement et à grimper l'escalier avant qu'il ait eu le temps de la rejoindre sous le porche. Son intuition lui disait que Joost n'était pas amoureux d'elle ; il recherchait sa compagnie parce qu'elle passait pour la meilleure élève du lycée ; la fréquenter flattait ses prétentions intellectuelles et son ambition. Mais il savait aussi que la vie de Nora n'était pas facile au milieu de ses camarades qui venaient du quartier résidentiel, et il voulait lui montrer qu'il compatissait. Nora avait honte de son attitude distante, mais elle ne pouvait pas supporter la pitié de Joost. Elle ne pouvait supporter la pitié de personne.

Depuis qu'elle habitait le bungalow à côté de la Maison bleue, elle avait bien sûr rencontré Joost de temps à autre, à l'occasion d'une de ces activités culturelles qu'il avait coutume d'organiser. Elle appréciait qu'il ne se soit pas prévalu de leur ancienne relation de voisinage pour chercher à l'approcher. Pourtant, elle avait toujours eu l'impression qu'il attendait son heure pour les impliquer d'une manière ou d'une autre, Otto et elle, dans ses initiatives.

La conversation téléphonique lui avait fait clairement comprendre que Joost était scandalisé par le comportement têtu de Wanda : à cause de sa hâte à avoir des photos publiées dans *Le Messager*, il avait gaspillé une première chance d'interview avec Nina Sanglar. Il espérait – disait-il – créer un jour sa propre maison d'édition, mais il ne disposait pas pour l'instant des moyens financiers et des relations nécessaires, et il ne voudrait jamais, en tout cas, faire un livre illustré des photos de Wanda à partir d'articles d'une actualité périmée, et repris d'un journal ou d'un magazine.

“Mais si cela te fait plaisir, je peux publier ces textes, ou des fragments, que tu as traduits dans *Le Messager*. Est-ce que ça en vaut la peine ? Je te laisse juge.”

Nora l'avait assuré qu'elle n'y trouvait aucun intérêt personnel. Elle n'avait même pas commencé la traduction. Les entretiens avec Nina Sanglar avaient éveillé en elle des émotions et des sentiments contradictoires. Elle voulait d'abord y voir plus clair. Pour finir Joost Braam avait une requête : "Peux-tu contacter Mme Sanglar pour moi ? Je voudrais qu'elle puisse m'accorder une entrevue. Je ne m'occupe pas de Wanda Meening."

Nora avait promis d'intervenir, sous réserves.

Elle coupa quelques branches de gypsophile pour compléter son bouquet. Dans le cabanon où les outils étaient impeccablement rangés sur des étagères ou accrochés à des pitons, elle arrangea les fleurs. Des lis jaunes et orangés se mariaient harmonieusement avec les panaches des spirées et les touffes de roses thé. Elle coupa toutes les tiges à la même longueur et enveloppa sa gerbe d'un papier crépon.

Elle ne prit pas au plus court, à travers la haie de forsythias, mais elle sortit de la maison par le devant et traversa la grande pelouse en direction de la Maison bleue. Elle gravit les marches du perron et sonna.

Quand Mlle Mees ouvrit la porte, Nora franchit le seuil avec solennité, oui, l'âme en fête.

20

"Quelles belles fleurs ! s'écria Félicia. Nina, regarde donc !"

"Oui, je vois", dit Nina, mais elle ne regardait pas le bouquet jaune d'or, elle n'avait d'yeux que pour les coupures de journaux contenues dans le dossier que Nora avait ouvert sur la table. Nora décida de s'acquitter aussi vite que possible de la mission que lui avait confiée Joost Braam.

"Madame Sanglar, *Le Messager* veut bien publier éventuellement une traduction, mais la rédaction donne la préférence à une nouvelle interview."

Nina poussa un franc juron. "Qu'est-ce que c'est que ça ?"

"C'est à moi, dit Félicia, en blêmissant, et elle s'empara des coupures de presse. Wanda Meening disait qu'un éditeur était intéressé. J'ai pensé que c'était également dans ton intérêt... Mais que fais-tu... ?"

Nina arracha les papiers de la main de Félicia. "Je vais faire mes valises. Je ne reste pas là. C'est toi qui l'as voulu. Je t'avais prévenue !"

"Au nom du ciel, Nina, j'ai agi pour t'aider..."

"Je veux qu'on me fiche la paix, et basta !"

Félicia se tourna vers Nora qui se trouvait entre les deux sœurs. "J'ai fait quelque chose que je n'aurais pas dû. Nina ne savait pas que j'avais donné ces articles à quelqu'un."

"Il n'est pas question d'un livre, s'empressa de dire Nora. Je pense que Wanda Meening a compris de travers. Ne soyez pas fâchée, madame Sanglar, il ne s'est encore rien passé. Wanda m'a apporté ces textes parce que je comprends l'espagnol. Mais si vous ne voulez pas qu'ils soient traduits, les choses n'iront pas plus loin, cela va de soi."

Nina jeta dans la corbeille à papiers les articles déchirés et chiffonnés. "Ça ne finira donc jamais ? Mais de quoi vous mêlez-vous, tous ?"

"Je ne comprends pas, se plaignit Félicia. Tu as donné ces interviews, il y a quelques années. Tout le monde sait qui tu es et ce que tu as fait pour aider ces pauvres femmes de la plaza de Mayo. Pourquoi t'énerver ainsi…"

Prête à sortir, Nina revint vers le milieu de la pièce et s'assit, en croisant les bras sur la table. "Je vais vous dire ce qu'il en est, une bonne fois pour toutes."

Comme des écolières timides, Félicia et Nora prirent place en face d'elle.

"Comprenez-moi bien, vous deux, dit Nina. Je n'ai jamais écrit pour devenir écrivain ou pour gagner de l'argent avec ce que j'écrivais, j'ai écrit parce que c'était une possibilité de montrer clairement à d'autres ce qui se passait en Argentine. C'était prendre moins de risques et toucher plus de monde que de parler dans des meetings. Quand j'ai commencé, il y avait presque dix ans que les *compañeros* s'étaient produits pour la dernière fois. Mais les gens ne nous avaient pas oubliés. Le nom de Sanglar les attirait toujours, en souvenir de notre musique, de Ramón surtout. Tout le monde savait que je marchais avec les Folles de la plaza de Mayo. On m'a demandé de venir interpréter des chansons de Ramón, et de parler dans les quartiers de la périphérie, les *villas*, et dans d'autres villes, à Córdoba et Rosario, à Mendoza, et aussi à Salta, partout où nous avions donné jadis des représentations. Ces réunions étaient clandestines, on était prévenu par le bouche à oreille. L'argent que je recueillais servait à aider les familles des disparus. Et puis un jour, les choses se sont gâtées. J'ai dû me cacher. Alors j'ai commencé à écrire, sous un pseudonyme naturellement, et mes articles ont été imprimés et diffusés jusqu'au Chili, au Pérou et en Uruguay. Ça a duré quelques années."

"Alors maintenant…" interrompit Félicia, mais un regard de Nina la fit taire.

“En quatre-vingt-un, la police militaire m’a arrêtée. On voulait sans doute me faire disparaître. Mais alors, quelqu’un – je n’ai jamais su qui, mais je suppose qu’il s’agit d’une relation des cousins de maman – est intervenu pour me faire libérer, et ensuite j’ai quitté immédiatement l’Argentine. Bon. Pour finir, j’ai atterri à Paris, chez de vieux amis qui avaient fait partie de la troupe. J’ai découvert à ma grande surprise qu’en Europe j’étais «célèbre» comme tu dis Félicia. J’ai appris que mes articles avaient été traduits et publiés dans différents pays, sous mon propre nom, soit dit en passant. J’en ai lu quelques-uns. Mais ce n’était pas moi qui les avais écrits. J’ai tout de suite vu que leur auteur connaissait les textes qui avaient été publiés en Amérique du Sud. Mes amis me montrèrent mes interviews, ces articles que tu as en ta possession. Mais ces entretiens n’ont jamais eu lieu. Ils contiennent évidemment des choses que j’ai dites ou écrites un jour, mais encore plus de choses que je ne pense pas, avec lesquelles je suis en désaccord, que je rejette catégoriquement… et aussi des informations dont je récuse la responsabilité.”

“N’avez-vous pas protesté, exigé une rectification ?” demanda Nora.

“Comment aurais-je pu le faire, sans nuire à la cause des *desaparecidos** ? Dans la mesure où elles étaient une mise en accusation, ces prétendues interviews ont atteint leur but, c’est-à-dire qu’elles ont contribué à faire intervenir les organisations internationales dans le scandale de ces enlèvements, des commissions d’enquête ont été instituées, même en Argentine. Pour moi, c’était le plus important. Donc, je n’ai

* En espagnol dans le texte : “les disparus”.

pas réagi. Je n'écris plus. En premier lieu, pour éviter les malentendus. Je ne veux pas être identifiée avec cette «Nina Sanglar» que je ne suis pas. Et de plus, je n'habite pas en Argentine, je ne suis donc pas directement au courant de ce qui se passe maintenant."

"Mais qui avait intérêt à vous voler votre identité ?" demanda Nora.

"Quelqu'un qui pouvait se servir des données que contenaient mes articles, dit Nina en haussant les épaules. Comme une trame dans laquelle intégrer d'autres idées. Quelqu'un qui considère que l'identité se jette comme un gadget, que c'est quelque chose d'interchangeable, qui peut être transformé, détruit, si cela l'arrange. Un être dangereux !"

"Cette personne connaît donc ton pseudonyme, dit Félicia. N'as-tu pas une petite idée ?"

Nina soupira. "A quoi me mèneront les «petites idées» ? Ne me demandez rien."

21

Depuis qu'elle avait quitté Paris, Nina ne se teignait plus les cheveux. D'un foulard replié, elle s'était fait un large bandeau qu'elle nouait autour de sa tête pour dérober à la vue la frontière entre l'artifice et la nature. Au-dessus du front et des oreilles, elle était grise ; les mèches qui s'échappaient du foulard sur l'occiput formaient une touffe pelucheuse de petites plumes roussâtres. Le tout donnait l'impression d'une coiffe exotique ou d'une parure de carnaval. Elle portait en permanence un pantalon et un blouson dont elle retroussait les manches jusqu'aux coudes quand elle avait trop chaud. Félicia vivait dans l'angoisse perpétuelle que Nina ne s'affiche au village dans cette tenue clownesque, et elle essayait de prévenir les besoins de sa sœur en envoyant Mlle Mees chercher à temps les cigarettes et le xérès que préférait Nina. Nina, quant à elle, n'avait pas la moindre envie de se rendre au village qu'elle trouvait changé au point d'en être méconnaissable, avec sa Grand-Rue désormais fermée à la circulation, garnie de bacs de fleurs et de petits bancs rustiques, et rebaptisée "promenade". Les boutiques de jadis avaient disparu, à l'emplacement où se trouvait la maison avec son enseigne, à la façade de guingois, où elle achetait des rouleaux de réglisse et des pastilles à la menthe quand elle était petite fille, il y avait maintenant la succursale d'une banque, une sorte de cube de verre ; la rue transversale jadis si calme, spoliée de sa double rangée de vieilles maisons villageoises, avait été absorbée sans laisser de traces dans un parc de stationnement. En fin de compte, c'étaient les allées du quartier résidentiel qui ressemblaient le plus au souvenir qu'en avait gardé Nina ; elle s'y promenait de temps en temps, de préférence le matin, de très bonne heure.

Le monde de son enfance n'existait plus. Elle avait souvent fait ce rêve : pleine de confiance, espérant arriver enfin chez elle, elle marchait sur une grande route ou voyageait dans un train à travers un paysage qui lui était vaguement familier. Soudain, elle sentait qu'elle devait avoir atteint son but – mais en même temps, elle se rendait compte que le décor environnant lui était totalement inconnu, qu'elle se trouvait là comme un fantôme venu du passé.

Quand, le matin très tôt – comme quelqu'un qui promène un chien invisible –, elle flânait sur le chemin longeant les villas, elle reconnaissait certaines choses, l'odeur des jardins mouillés de rosée, certains chants d'oiseaux, ici, l'ornement d'une façade, là, le nom d'une villa, ou même des arbres (par exemple, l'araucaria devenu gigantesque, qu'elle avait baptisé "l'arbre des Indiens" pour le distinguer de son propre "arbre-cheval"), mais, comme dans son rêve, elle était devenue pour de bon une étrangère, elle n'était plus d'ici. Dans la Maison bleue également, elle n'avait plus rien à faire ; l'atmosphère du passé avait été aspirée par les années qui s'étaient écoulées. Quoi qu'elle fasse, elle ne pouvait plus remonter le temps. Elle voyait désormais avec d'autres yeux qu'aux premières heures de leur séjour les pièces vides, les couloirs, et le salon aménagé pour sa sœur et elle – où elle se trouvait le moins possible. Les Allemands, les fonctionnaires, le notaire et la longue période pendant laquelle elle était restée vide avaient produit sur la maison un effet que Nina assimilait à l'épuisement d'un moribond.

Nina constatait avec surprise que sa sœur ne connaissait pas les mêmes sentiments et les mêmes impressions, que le séjour à la Maison bleue n'avait aucune signification sentimentale particulière pour elle. Félicia vivait comme quelqu'un qui passe ses vacances dans une pension de famille relativement confortable. Elle lisait ou brodait, sur le balcon ou dans le jardin, se rendait de temps à autre au village pour faire des courses ou aller chez le coiffeur, écrivait des lettres aux connaissances qu'elle avait acquises pendant les années passées dans la carrière diplomatique. Ce fut elle qui négocia avec la Fondation. Nina ne pouvait se faire à l'idée que la Maison bleue serait démolie. Elle savait que c'était inéluctable, que c'était la condition de la vente ; toute l'affaire la contrariait à un point tel qu'elle souhaitait ne plus s'en mêler. A Félicia de régler les choses, et en dernier ressort de lui indiquer à elle, Nina, où elle devrait apposer sa signature. Nina savait aussi qu'elle ne devait même pas chercher à expliquer à Félicia dans quelles conditions elle avait vécu en Argentine, entre soixante-treize et quatre-vingt-un. Comment aurait-elle pu se faire comprendre ? Félicia n'avait jamais mis les pieds dans les quartiers populaires de Buenos Aires, baptisés *villas* par pur euphémisme. Non seulement, elle ne pouvait pas se représenter l'atmosphère qui y régnait, celle d'une zone oubliée, sous-développée, mais de plus, puisqu'elle n'avait pas connu ces quartiers par le passé, elle n'était pas en mesure de sentir la différence entre la quiétude de jadis, d'un laisser-aller tout provincial, et l'atmosphère d'agitation et de suspicion qui l'avait remplacée pendant la dictature des juntes.

Buenos Aires : c'est une vie de grande ville, mondaine et fiévreuse, que ce nom évoquait pour Félicia, et non pas le souvenir de chambres moroses où on attendait en vain des nouvelles d'un disparu, de réunions clandestines tenues à l'atelier ou au bureau, après la fermeture, dans un local sûr ou dans la maison de sympathisants. Pour Félicia, l'attente opiniâtre dans les bureaux des instances officielles pour obtenir une déclaration d'*habeas corpus*, le fait de mendier l'attention d'un préposé aux guichets dans l'espoir d'apprendre enfin quelque chose ne pouvaient devenir une réalité. Elle ne se représentait pas davantage la vie dans les provinces reculées. Elle ne connaissait pas les hameaux de montagne, aux ruelles étroites et raides, poussiéreuses et calcinées par le soleil pendant les mois de chaleur, sombres et boueuses à la saison des pluies. Jamais elle n'était entrée dans les masures des pauvres paysans *mestizos**, à plus forte raison, elle n'avait jamais passé des jours et des nuits dans une de ces pièces au plafond bas, plongées dans une pénombre permanente, avec un sol de terre battue, et le strict minimum, une table et des chaises de bois brut, un banc pour dormir sous une moustiquaire crasseuse. Elle ne savait pas ce que voulait dire rester des heures entières, assis sur ses talons, à attendre l'autocar qui formait la seule liaison quotidienne entre les villages dispersés, ou de manger l'*asado*** près d'un foyer rudimentaire noirci, au milieu des vachers et des paysans, en écoutant des récits résignés où il était question de salaires précaires et de mauvaises conditions de travail. Félicia avait trop longtemps vécu dans les hautes sphères de la diplomatie. Même à Lima, elle s'était à peine rendu compte de ce que signifiait l'expansion continue de la zone périphérique, faite de bidonvilles où des dizaines de milliers de chômeurs venus de l'intérieur avaient trouvé refuge.

* En espagnol dans le texte : "métis".
** Quartier de bœuf grillé.

22

Nora fut surprise de se trouver une certaine affinité avec l'inconnu qui avait utilisé le nom et les textes de Nina Sanglar pour prôner le terrorisme comme stratégie. Elle savait bien qu'il y avait en elle un potentiel de violence qui pouvait balayer toute résistance, mais qui risquait aussi de la détruire elle-même, s'il avait l'occasion de se déclarer. Les mots âpres des "interviews" de Nina Sanglar hantaient sa pensée, dérangeaient le cours ordonné de sa vie qu'elle s'était imposé avec tant de discipline. La stratégie de l'intelligence, qu'elle avait mise en œuvre jusque-là, ne l'avait pas rendue heureuse. Elle vivait sur les hauts plateaux de la réussite matérielle et sociale, mais de là il ne partait aucune piste vers les lointains sommets qu'elle voulait atteindre. Elle ne pouvait supporter l'idée que tout le mal qu'elle s'était donné pour conquérir la voie d'accès à ce but désiré n'avait servi à rien.

Il ne lui était jamais encore arrivé de regarder les fleurs de son jardin en se posant la question : Pourquoi tout ça ? A quoi bon ? N'y a-t-il rien d'autre ? Elle se demandait comment elle avait pu avoir, pendant des années, le sentiment de ne vivre que pour réaliser ses aspirations.

Elle n'avait appris la vérité sur son père qu'après son baccalauréat. Elle savait seulement qu'il était mort quand elle était encore au berceau. Sa mère ne parlait jamais de lui. Nora ne pouvait même pas se le représenter. Par hasard (elle se trouvait déjà au collège), elle avait trouvé une photo d'identité dans un livre et les larmes lui étaient montées aux yeux quand elle avait vu combien elle lui ressemblait. Elle s'était approprié la photo et l'avait dissimulée dans son placard. C'était un trésor caché qu'elle chérissait, sa parade contre la sombre résignation de sa mère qui lui pesait de plus en plus, à mesure qu'elle grandissait. La révélation du secret lui vint enfin du côté le plus inattendu. Elle fut mise au courant par le Dr Meening, le médecin de famille, chez lequel sa mère se faisait régulièrement soigner à cette époque. Il avait l'habitude de percer les abcès : c'est pourquoi il se chargea de dire à Nora ce que sa patiente avait trop longtemps gardé pour elle, à ses dépens. Le père de Nora s'était suicidé dans l'établissement psychiatrique où il avait été admis pour une dépression. Nora attribua la fin brutale de son amitié avec Diederik, qui avait illuminé sa dernière année de classe, oui, qui avait changé sa vie, au fait que le Dr Meening connaissait ses antécédents. Elle se sentit de nouveau rejetée, cette fois d'une manière encore plus impitoyable. Pour montrer au village, au quartier, aux Meening, qu'elle était quelqu'un d'autre que la pauvre Musy Bloemcamp, elle aurait vendu son âme au diable s'il était possible. Elle avait confiance dans sa capacité d'agir à bon escient, dans la force de ses aspirations. Elle allait conquérir, reconquérir. Mais la manière dont elle était devenue victime de ses propres illusions était une cuisante humiliation. Quand elle était enfant, elle avait souvent dit à son miroir : A toi qui es là – c'est-à-dire moi – je ne peux pas raconter des histoires. Elle s'était trompée.

Elle sentit au fond d'elle-même quelque chose qui se mettait en mouvement comme une vague qui naît dans les profondeurs de la mer.

Elle ne pouvait plus arrêter ce qui se développait.

23

Mlle Mees est la discrétion en personne. Il ne peut en être autrement, avec ses années d'expérience comme femme de ménage chez les familles aisées du village. Autant qu'on le sache, jamais personne n'a vraiment essayé de la faire jaser. La loyauté envers les employeurs est tout simplement un aspect de sa fonction. Comme nous aurions aimé qu'elle soit spontanément un peu plus loquace à propos de son service à la Maison bleue ! Les doyennes du quartier, qui seules ont pu établir avec Mlle Mees un certain rapport de confiance (que de fois cette dernière n'a-t-elle pas eu, en coulisses, la haute main sur le déroulement des opérations lors de mariages et de réceptions !), ont bien eu l'espoir, au cours de l'été écoulé, de recueillir quelques bribes d'information, quand elles la rencontraient. Mais Mlle Mees s'en est tenue strictement à la météo, et (avec un intérêt non simulé) à la santé de Madame, de Monsieur, et aux tribulations des enfants et petits-enfants qu'elle connaissait tous.

C'est seulement après la démolition de la Maison bleue et la disparition de Wanda que Mlle Mees a consenti à en dire un peu plus sur ce qu'elle avait vu et entendu pendant son séjour auprès des sœurs Lunius, et encore, parce que Diederik Meening a fini par se résoudre à prévenir la police. Mme Van Wicke était un ange, d'après Mlle Mees, mais elle était sous la coupe de sa sœur. Madame aurait voulu aider sa sœur à commencer une nouvelle vie, ce qui était une source de discussions à n'en plus finir ; et le ton montait parfois très haut. Il leur arrivait de ne plus se parler du tout, et Mlle Mees devait leur servir séparément le thé, le café et les repas. Dans la chambre de Mme Lunius, ou Sanglar, c'était toujours le bazar, souvent elle était assise, là, sur le parquet, à tirer les cartes, comme une bohémienne ! Wanda Meening est venue régulièrement tenir compagnie à Félicia, semble-t-il. Nora Munt a apporté des fleurs plusieurs fois. Les dames ne reçurent par ailleurs aucune visite, si ce n'est en rapport avec la vente de la maison. Une seule fois quelqu'un est venu à l'improviste, un étranger (nous autres, du quartier, nous pensons savoir de qui il s'agit) ; il s'en est suivi la pire des scènes auxquelles Mlle Mees ait pu assister à la Maison bleue. Elle ne sait pas de quoi il fut question, elle n'écoute pas aux portes. Mme Van Wicke lui avait donné congé plus tôt ce jour-là, elle était gênée, naturellement.

Jamais un mot ne serait sorti des lèvres de Mlle Mees – nous en sommes convaincus – si la disparition de Wanda Meening, cet événement sans précédent dans notre quartier, ne l'avait amenée à écarter toutes considérations de principes. Il est vraisemblable qu'elle a tout simplement répété à l'un ou l'autre d'entre nous ce qu'elle avait déclaré à l'inspecteur, parce qu'elle avait des doutes, comme pour se voir confirmé, à travers nos réactions, qu'elle n'était pas indiscrète, qu'elle n'avait pas trahi la confiance mise en elle, mais qu'elle avait parlé uniquement parce qu'il le fallait. Ce qu'elle raconte ne nous renseigne guère sur Wanda Meening, mais nous offre un aperçu de ce qui se passait entre les quatre murs de la Maison bleue, quand ils étaient encore debout.

Pour en revenir à l'étranger (dont la venue a jeté, semble-t-il, le trouble dans la vie exceptionnellement retirée qu'ont menée ici les deux sœurs) : ceux d'entre nous qui, par une matinée radieuse, ont été abordés, dans l'une ou l'autre des allées de notre labyrinthe, par un étranger, ont immédiatement identifié comme méditerranéen, exotique, l'accent avec lequel cette personne parlait anglais. L'un pensa : c'est un Italien ! l'autre l'a pris pour un Espagnol, il y eut quelqu'un pour affirmer que le physique de l'individu avait quelque chose d'incontestablement mexicain. L'homme roulait dans une Ford Escort avec une plaque néerlandaise. A la différence des nombreux touristes qui se perdent dans notre village, il ne s'est pas contenté de baisser la glace de la portière, mais il est descendu de sa voiture, ce qui a fait bonne impression. Il n'était pas grand, mais bien bâti, vêtu d'un pantalon et d'une chemise couleur kaki, une veste en lin jetée sur les épaules. De loin, il avait encore l'air d'un jeune homme, mais, de près, on voyait qu'il était entre deux âges. Il avait un visage uniformément bronzé, aux pommettes larges, et des cheveux grisonnants, coupés très court, ou plutôt à ras. A cause des verres fumés, on ne pouvait pas définir la couleur de ses yeux, mais d'après les témoins ils devaient être très foncés. Il demanda le chemin de la Maison bleue.

Il y est resté quelques heures. Le plombier qui réparait la gouttière chez le voisin d'en face a vu l'auto du visiteur garée dans l'allée de la Maison bleue. Ceux qui l'ont su – et ils furent nombreux, car le plombier, l'homme à tout faire du quartier, a souvent quelque chose à réparer chez l'un ou chez l'autre, et aime bien bavarder en travaillant – supposèrent, avec raison d'après nous, que l'étranger était un membre de la famille des deux sœurs venu d'Amérique du Sud. Il est reparti à la fin de l'après-midi, c'est-à-dire que, d'abord, il a remonté la rue deux ou trois fois, en roulant lentement, comme s'il cherchait quelque chose qu'il avait perdu (au dire du plombier). Il est alors descendu une seconde fois de sa voiture et a parlé avec Wanda Meening, qui se trouvait dans son jardin.

La visite de cet étranger, originaire sans aucun doute d'Amérique latine, nous a remis en mémoire que les sœurs Lunius sont à moitié argentines. Nous n'y pensions que rarement, voire plus du tout. Est-ce ce sang étranger qui explique aussi bien la réserve de Félicia, son aspect poli pour ne pas dire lisse, sur lequel nous n'avons aucune prise, que le côté sauvage de Nina (ce qui est une autre manière d'être insaisissable) ?

Ce que nous savons de l'Argentine tiendrait dans un dé à coudre. Nous préférons en savoir le moins possible. Nous éprouvons une franche aversion pour ce pays bien trop grand, qui a la tête dans la jungle des tropiques et les pieds dans la stérile Patagonie, avec sa culture du steak, ses régimes fascistes de généraux ridiculement harnachés, son hospitalité suspecte à l'égard des suppôts d'Hitler vivant dans la clandestinité. Nous avons entendu des histoires qui nous remplissent d'effroi. Est-il possible que l'humanité soit tombée aussi bas ?

Là-dessus nous en connaissons un bout !

24

Nina et Félicia prenaient leur café de la matinée, comme de coutume, sur le balcon à l'arrière de la maison, quand Mlle Mees vint leur dire qu'un monsieur parlant anglais se trouvait dans le vestibule.

"Le corps diplomatique !"* dit Nina entre ses dents. D'emblée Félicia pensa aussi à une ancienne relation des Affaires étrangères. En s'étonnant que son adresse ait été diffusée aussi rapidement, elle descendit.

Elle ne connaissait pas l'homme qui se retourna vers elle, mais dès qu'elle le vit elle comprit qui il était. Plus vite qu'elle ne s'y était attendue, il avait donc fait son apparition, le visiteur qu'elle avait elle-même invité quelques semaines plus tôt. Presque ensemble ils dirent : "José Sanglar" : lui, pour se présenter, elle, comme prenant acte.

La première impression de Félicia fut favorable. Pépé Sanglar avait une tenue correcte, il se comportait avec assurance et courtoisie. Ce n'est pas un "gitan" ! pensa-t-elle, soulagée. Elle le fit entrer au salon et monta chercher Nina ; elle tira sa sœur de son fauteuil – d'une façon qui lui était tout à fait inhabituelle –, et l'entraîna par le bras : "Tu ne devineras jamais qui est venu nous rendre visite !" ; mais elle avait le cœur battant parce que c'était le moment crucial où elle devait, avec tact et humour, et surtout avec une pointe de légèreté, favoriser un rapprochement, une réconciliation. Elle s'était déjà imaginé cette rencontre, avait essayé de se

* En français dans le texte.

préparer aux réactions possibles de Nina, la colère, la surprise, les reproches. Mais jamais elle n'aurait pu prévoir la scène étrange qui se joua au salon.

Pour commencer, Nina refusa d'adresser ne serait-ce qu'un seul mot à son beau-fils. Les mains derrière le dos, elle resta à la porte, tandis que Félicia débitait en espagnol – une langue qu'elle comprenait et pouvait lire, mais qu'elle ne parlait plus couramment – une série de banalités enjouées pour lancer la conversation. Mais, en l'occurrence, ses talents d'hôtesse firent un fiasco. Nina restait de marbre. Quelque chose dans le regard et l'attitude de Pépé Sanglar, au contraire, donnait l'impression qu'il observait et jaugeait l'adversaire, comme quelqu'un qui a été provoqué en duel, qui ne sait pas ce que va faire l'autre et pas davantage quelle arme il va utiliser. Ni l'un ni l'autre ne prêtaient aucune attention au bavardage de Félicia.

"Ay Nina ! dit enfin Pépé, lentement et presque solennellement. *Sólo tú no beberás la copa de sangre* !"*

L'ombre d'un sourire apparut sur le visage de Nina, mais c'était un sourire triste, amer. *"Ay Pépé !* répondit-elle sur le même ton. *La sangre derramada ! Que no quiero verla*** !"*

Impuissante, Félicia se tenait coite, pendant que crépitait à ses oreilles la mitraille continue de leurs répliques. Elle saisissait le sens, mais ne comprenait pas de quoi il s'agissait. Il était question de sang et de mort dans des poèmes de García Lorca et de Pablo Neruda, du désir de Pépé de rencontrer Nina, de son refus à elle

* En espagnol dans le texte, voir plus loin note p. 132.
** *Idem.* Voir plus loin notes p. 132-133.

de le voir ou de lui parler, d'une divergence fondamentale entre ces deux, et à chaque fois fusaient et rebondissaient des mots comme violence, combat, Foco, *montoneros*, Tripla A, Núnca más, et, plusieurs fois, *Palo borracho ! Palo borracho ! Palo borracho !*

"Tu es devenue une vieille sotte. Qui l'aurait cru ? *Palo borracho*, c'est donc fini ?"

Nina le regarda longuement, elle était très pâle.

"Va-t'en, je ne t'ai pas demandé de venir."

"Pas toi, mais la *senõra* oui", dit Pépé, en impliquant Félicia du regard et d'un geste dans cette sidérante dispute.

"Encore !" dit Nina à voix basse, mais le ton était plus menaçant que les invectives lancées à Pépé Sanglar. Là-dessus, elle quitta la pièce et monta dans sa chambre. On eut beau appeler, frapper à la porte close : rien ne put la faire sortir.

Nina était assise sur le rebord de la fenêtre et regardait l'endroit où autrefois l'arbre-cheval, monture fabuleuse pour gauchos, déployait sa ramure. En fait, ce qu'elle voyait, ce n'était pas le jardin à l'arrière de la Maison bleue, mais une autre cour, entourée d'une galerie sur les quatre côtés, pelée et caillouteuse, avec quelques plantes dans de vieux bidons d'essence.

C'est en 1956. Sous le seul arbre de la cour, elle est assise à une table bancale avec Pépé penché sur des livres et des cahiers. Parmi les *compañeros* c'est elle qui a été désignée pour aider le fils de Ramón à faire ses devoirs. Pépé a douze ou treize ans, un *vivo** en herbe, un

* En espagnol dans le texte : "casse-cou".

gamin maigre, effronté. Au football, il est le meilleur quand il joue dans les rues poussiéreuses de la *villa* Pompeya, sa voix est toujours rauque à force de crier pendant les matchs et après, dans les bagarres qui opposent son équipe aux jeunes des autres équipes du faubourg. Etudier lui convient moins. Mais il est sensible au langage, il possède un talent inné pour le bien-dire.

Ils lisent le poème "Ercilla" de Pablo Neruda, sur ce soldat-poète espagnol du XVIe siècle qui a décrit la conquête du Chili : *"Todo vuelve al silencio coronado de plumas / en donde un rey remoto devora enredaderas"* – "Tout retourne au silence couronné de plumes / dans lequel un roi lointain dévore des ipomées". Les yeux noirs de Pépé brillent dans son visage inca, le visage de sa mère indienne, quand il prononce ces mots.

"Que dit le poète au conquistador ? Ou ne serait-ce pas le conquistador, à ton avis, qui s'adresse au poète ?" demande Nina, le doigt posé sur la bonne ligne, et Pépé, qui connaît le poème par cœur, enchaîne : *"Sólo tú no beberás la copa de sangre !"* – "Toi seul ne boiras pas la coupe de sang !" Ils semblent tous les deux envoûtés par les sonorités des mots brillants comme des pierres fines et par le mystérieux pouvoir de suggestion qui émane des images. A côté du rouge, de l'or et de l'émeraude du poème de Neruda, ils posent les couleurs d'un autre poème favori, "La sangre derramada*", dans lequel Federico Garciá Lorca évoque, en une vision nocturne, la mort comme une corrida.

* En espagnol dans le texte : "Le sang répandu", poème extrait du *Chant funèbre à Ignacio Sánchez Mejías* de Federico García Lorca.

Blanc, gris, rouge : le blanc de la pleine lune et des fleurs de jasmin, "l'arène grise du songe", et le rouge du sang sur le sable que le poète ne veut pas voir : *"que no quiero verla* "*. Ils se regardent et répètent ensemble ce vers. Quelques jours plus tôt, sur l'ordre du général Aramburu, le leader de la junte, vingt-sept ouvriers accusés "d'activités subversives" ont été exécutés hors de la ville, dans les décharges publiques, à Monte Chingolo. Dans le quartier où vit Sanglar règne un silence tendu. A la maison, on baisse la voix. Le plateau de danse déserté réfléchit les rayons du soleil. Nina et Pépé ont choisi dans "Ercilla" de Neruda et dans "La sangre derramada" de Lorca des morceaux de phrases dont ils ont fait une sorte de formule incantatoire, un signe secret de complicité. "Toi seul ne boiras pas la coupe de sang. Le sang répandu… que je ne veux pas voir."

Un lien s'était forgé entre Nina et ce garçon. C'était le fils de Ramón, et il avait le sens de ce qui est grand et juste. Quand Nina avait-elle compris pour la première fois que Pépé ne se contentait plus de la force référentielle de la poésie, qu'il avait choisi de prendre les mots à la lettre, de passer à l'action ? Du Pépé qui, à dix-huit ans, avait rejoint les camps d'entraînement clandestins dans les contreforts des Andes, du jeune guérillero révolté, héritier en fait d'une tradition romantique, prêt à mourir pour la liberté, elle s'était sentie proche. L'activiste dur, qui lui succéda, qui répondit à la violence par la violence, à l'enlèvement par l'enlèvement, qui tuait pour venger le meurtre, et qui, confronté aux cadavres de gens qui avaient été écorchés

* En espagnol dans le texte : "Je ne veux pas le voir."

vifs, découpés à la tronçonneuse, ou rongés de l'intérieur par des rats, fut possédé d'une soif de vengeance exaspérée, elle pouvait le comprendre. Ses critiques visant le credo politique simpliste de Pépé pâlissaient à côté de cette fureur et de ce désespoir partagés.

Mais il y avait un troisième Pépé, un tout autre homme, avec lequel aucune communication ne semblait plus possible, et c'était celui qu'elle venait de revoir dans le salon de la Maison bleue : au premier abord, un homme qui connaissait la vie, un Occidental moderne, pragmatique et sportif. Mais Nina avait de bonnes raisons (et depuis une heure plus que jamais) de penser qu'il s'agissait d'un masque, d'une comédie ; que le guérillero passionné, le disciple fanatique du Che, s'était transformé en un marchand de violence, froid et calculateur, pour qui semer la mort et la ruine était devenu un but en soi, un métier lucratif. Elle pensait qu'il ne posait pas lui-même les explosifs dans les grands magasins, les gares ou les aéroports ; elle le soupçonnait plutôt de remplir avec beaucoup d'efficacité une fonction d'intermédiaire entre les leaders et des tueurs recrutés ailleurs. Il s'agissait d'une présomption – une quasi-certitude, en fait, basée sur l'intuition, sur la connivence d'autrefois, quand des signes minimes suffisaient à la compréhension mutuelle ; mais cela restait une présomption, car elle ne pouvait rien prouver. C'est pourquoi elle ne pouvait en parler à personne, et surtout pas à Félicia. Le Pépé perfide, qui la recherchait, s'attachait à ses pas, qui voulait – elle en avait maintenant la preuve – s'identifier à elle, ou plutôt, voulait l'enrôler dans sa vie, celui-là, elle refusait de le connaître.

Félicia essayait de remettre de l'ordre dans ses pensées, de reconstituer l'entretien qu'elle avait eu avec Pépé, quand Nina eut quitté la pièce. Son dessein d'élaborer avec lui un plan destiné à soutenir Nina n'avait pas eu l'heur de lui plaire. A chaque fois qu'elle voulait en venir à des arrangements concrets, il donnait des réponses évasives. Félicia crut comprendre, pour finir, qu'il n'avait pas lui-même de revenus fixes, même s'il était, à ce qu'il disait, lié à une agence de voyages. De son côté, il avait une proposition à lui faire (c'était la véritable raison de sa venue ; même sans sa lettre, révéla-t-il, il serait venu les voir). Cette proposition concernait une destination nouvelle pour la Maison bleue. Félicia s'était empressée de lui dire qu'en raison des circonstances la chose n'était pas réalisable. Mais Pépé avait fait celui qui n'a pas entendu. Pourquoi vendre cette magnifique demeure, la livrer aux démolisseurs ? Bien que Pépé n'eût pas élevé la voix, sa manière de parler et son vocabulaire prirent un tour plus éloquent. Penché vers Félicia, il laissait retomber son poing fermé sur son genou, toujours en douceur, avec la souplesse d'un ressort, pour ensuite ouvrir toute grande la main, dans un geste large de rhéteur. Pourquoi renoncer à la joie de vivre tranquillement de nombreuses années encore, dans le décor où on avait grandi, auquel étaient attachés les plus chers souvenirs, dans ce paisible village de Hollande, éloigné des misères et des dangers du monde d'une manière bien enviable. Par son travail, il entrait régulièrement en contact avec des gens prêts à payer cher pour pouvoir jouir, de temps à autre, d'un repos de cette sorte, à l'abri des intrus.

“Ce n’est pas la place qui manque dans cette maison ! Des dames qui ont passé de longues années à l’étranger et se sont fait beaucoup d’amis ont bien le droit de loger des invités ? Façon de parler, bien sûr. Car les hôtes que j’ai en vue pour vous sont des gens très discrets, dont on n’a pas à s’occuper. Ils ne vous dérangeront pas. Aucun problème du côté des finances. Tous les frais sont largement dédommagés !”

Dès que Félicia eut la possibilité de l’interrompre, elle avait répété avec insistance qu’une telle chose était impossible. La vente de la Maison bleue à la Fondation était un fait accompli. Mais, avait-elle ajouté avec empressement quand elle vit son visage se durcir (visiblement il n’aimait pas être contrarié), peut-être que Nina, plus tard, dans une autre maison, quelque part, du moins si un rôle d’“hôtesse” dépourvue de soucis pouvait lui assurer une existence, sans obligations supplémentaires, envisagerait de…

“Mais pas sans vous, jamais sans vous !”

“Il n’en est pas question ! j’habite en Suisse. Je ne songe pas à déménager !” s’écria Félicia. La vision de son chalet avait surgi à son esprit comme un havre de paix bien attirant. La nostalgie l’avait envahie. A son grand soulagement, Pépé Sanglar n’avait pas insisté.

Quand il partit, après une demi-heure de conversation informelle (Félicia ne réussit pas à le faire parler sur les sujets qui attisaient sa curiosité : la relation entre Nina et Ramón, entre Nina et lui, le type de vie que les *Compañeros de la música latino-americana* avaient menée en Argentine), elle n’avait rien obtenu de ce qu’elle s’était proposé de régler.

Elle lui montra le chemin. Mlle Mees vint jeter un coup d’œil sur le pas de la porte donnant sur l'office, mais se retira aussitôt. Comme il faisait très beau dehors, Félicia raccompagna son visiteur jusqu'au bas des marches.

"Hou ! Hou !" Elle se retourna au bruit de la voix familière. Wanda Meening, qui venait de prendre un bain de soleil sur la pelouse à côté de la remise, se levait d'une chaise de toile basse.

"Ma voisine ! dit Félicia, tandis qu'elle répondait au salut de Wanda par un sourire et un geste de la main. Elle aussi voulait faire quelque chose pour Nina, publier les articles de Nina, avec des photos, elle est elle-même photographe, mais Nina refuse… enfin ! Vous connaissez Nina !"

Maintenant qu'elle se retrouvait seule au salon, Félicia continuait à se demander quel mot malheureux elle avait bien pu avoir. Pourquoi Pépé Sanglar s'était-il soudain immobilisé, avec une expression d'étonnement incrédule sur le visage ? Pourquoi était-il remonté en voiture non pas en prenant décemment congé – ce qui pourtant aurait été normal à la suite de leur conversation – mais songeur, distrait, oui, pour ainsi dire absent ? Et il était parti.

Nina ne fit pas claquer la porte de sa chambre en sortant, son pas ne résonna pas impétueusement dans le corridor ou l'escalier : Félicia poussa un soupir de soulagement. Mais quand Nina entra, il fut clair que cette arrivée contrôlée n'était qu'une façade. Nina respira un grand coup et regarda sa sœur, en la fusillant du regard : "Si nous étions encore gamines, je te flanquerais une volée."

"Mais je voulais t'aider, Nina ! gémit Félicia. Tu ne peux pas continuer à vivre comme tu l'as fait jusqu'à maintenant. Dire la bonne aventure, tirer les cartes, ce n'est vraiment pas possible !"

"Et c'est en faisant venir Pépé Sanglar que tu croyais m'aider ?"

"Il serait venu de toute façon, même sans ma lettre !"

"Mais pas dans l'intention de m'aider. Quand il vient me voir, c'est parce qu'il pense pouvoir m'utiliser. Et je te l'ai déjà dit, je ne veux rien avoir à faire avec lui."

Félicia n'eut pas le courage de parler de la proposition de Pépé Sanglar. Elle soupira : "Pourquoi faut-il que la politique gâche une relation ? Car c'est bien de ça que vous parliez ? Toutes ces histoires de sang et de mort…"

"Voilà comme nous sommes, nous autres, Sud-Américains, dit Nina sarcastique. Tu ne peux pas comprendre, toi, la *gringa** !"

"Tu m'insultes ?" Félicia s'échauffa. "Je pense que ton aversion pour ton beau-fils relève de la paranoïa. Pour moi, c'est un homme charmant. Toi qui as été si active contre les juntes, tu ne peux pas lui en vouloir d'avoir participé à la guérilla ! Tout ça, c'est du passé. Il est depuis des années en Europe. Il travaille pour une agence de voyages."

"Il a dit ça ?"

"Ce n'est pas la vérité ?"

"C'est peut-être la vérité, dit Nina en haussant les épaules. Mais que ce soit vrai ou non, peu importe. Tu ne dois pas te mêler de choses qui ne te concernent pas, auxquelles tu ne comprends rien. Comment as-tu eu son adresse ? Je ne sais pas où il habite."

"La corbeille que tu as reçue quand nous sommes arrivées ici avait été commandée à un

* En espagnol dans le texte : "qui vient d'ailleurs, étranger".

fournisseur du village par l'intermédiaire d'un magasin d'Amsterdam. Là, ils savaient que la commande avait été passée depuis un hôtel. L'hôtel avait la fiche du client. C'était un autre nom, pas Sanglar, mais l'adresse était bien à Paris. Peut-être l'un de tes *compañeros* ? J'ai écrit à cette adresse. Et ma lettre est arrivée", conclut Félicia, avec un sourire satisfait.

"Eh bien, dit Nina, tu t'es donné un mal fou ! Digne d'une meilleure cause !"

"Palo borracho !" Félicia ne pouvait pas situer ces mots qui lui rappelaient vaguement quelque chose. Elle avait vu comme Nina avait soudain pâli quand Pépé Sanglar les avait prononcés pour la première fois. "*Palo borracho*. Qu'est-ce que ça signifie ? *Borracho*, c'est «ivre», n'est-ce pas ? Mais *Palo borracho* ? Du «bois ivre» ?"

"Tu ne sais plus ? Pourtant tu devrais t'en souvenir. *Palo borracho*, l'arbre sauvage, couvert, de haut en bas, et sur toute la longueur de chaque branche, d'épines aussi grosses qu'une main d'enfant et aussi coupantes qu'un rasoir. Ne pas y toucher ! Ne pas y grimper !"

"Mais oui, bien sûr, je me souviens ! Mais que venait-il faire dans votre conversation ?"

"*Palo borracho* est le pseudonyme sous lequel j'ai écrit mes articles en Argentine."

25

C'est l'hiver. Cette saison nous rend incertains, nous fait mesurer plus profondément notre précarité. L'hiver, nous nous sentons désarmés, forcés de maintenir coûte que coûte les principes *de notre petite vie, de notre spécificité, de ne pas fermer l'œil, en focalisant notre attention sur ce qui se passe chez nos semblables pendant que la nature est endormie. Dès qu'elle s'éveille, nous retrouvons le sentiment de faire partie, nous aussi, du grand Cycle, et d'être moins solitaires dans la création. L'été, une onde de paresse bienheureuse se répand dans le quartier. Est-ce le fait des odeurs de l'herbe fraîchement coupée, des sureaux en fleur et des baies de rosiers ? La brise tiède, la flottille des nuages qui cinglent dans l'azur radieux en empruntant lentement des formes toujours nouvelles, nous rendent-ils moins vigilants ? Chaque hiver, dans notre souvenir, l'été écoulé nous semble avoir compté plus de journées chaudes et resplendissantes qu'il n'y en eut réellement. En général, nous autres, dans le quartier, nous ne partons pas en vacances en juillet ou en août (nous préférons la splendeur automnale des lointains pays du Sud et la neige en haute montagne, l'hiver). Nos grands enfants s'envolent l'été dans toutes les directions, pour les plus jeunes, il n'y a que l'embarras du choix, en matière de camps et d'excursions. Mais nous, les adultes, nous mangeons le fruit du lotus*. Nos villas sont enfouies dans la verdure. Le roucoulement des pigeons sous le toit, le chuintement des tourniquets d'arrosage sur les pelouses, l'éclat du soleil qui, tamisé par les marquises, emplit nos intérieurs d'un demi-jour rougeâtre ou orangé, tout cela crée une euphorie qui émousse nos facultés d'observation, tempère notre humeur critique.*

* Allusion au peuple des Lotophages qui, dans l'*Odyssée*, firent manger du lotus aux compagnons d'Ulysse pour qu'ils oublient leur patrie.

Que maintenant nous ne puissions rien nous rappeler de particulier touchant les faits et gestes des sœurs Lunius au milieu de l'été tient sans aucun doute à ce climat général de douceur de vivre et de bien-être. Nous présumons qu'elles ont, comme nous, joui de ce bel été ; sur l'un de leurs balcons (si nombreux, dans la Maison bleue !) ou dans le jardin à l'arrière de la maison, réduit, certes, à une étroite bande boisée, plantée de pins maritimes et de taillis de chênes, mais suffisamment grande pour former, par les jours de chaleur, un pavillon de verdure ombragé. Il est naturel qu'elles soient venues s'y asseoir souvent ; derrière les arbustes bordant un des côtés de leur terrain, elles pouvaient voir chatoyer au soleil les couleurs des massifs de Nora Munt. Doux farniente ! Et pourtant, les forces qui ont décidé du sort de Wanda Meening ont dû se mettre à l'œuvre, précisément à ce moment-là.

C'est l'époque où quelqu'un l'a vue monter dans une voiture au carrefour, un peu en dehors du village. Nous connaissons tous cet endroit, non loin de la bretelle d'accès à l'autoroute qui traverse notre pays d'est en ouest. C'est un lieu approprié pour donner rendez-vous à quelqu'un d'étranger au village, qui n'est pas familiarisé avec la circulation à sens unique, prépondérante aujourd'hui dans le centre, et qui ne sait pas trouver sa route dans les méandres et les boucles des allées du quartier résidentiel. Un large bas-côté, avec des places de stationnement à intervalles réguliers, un chemin piétonnier bordé de quelques bancs qu'ombragent des marronniers font de la voie publique, près du carrefour, une sorte de salle d'attente à ciel ouvert. Il est rare qu'en été cet endroit soit complètement désert durant la journée – ne serait-ce que par la présence des vieux de la maison de retraite voisine, qui aiment venir s'y asseoir quand il fait beau, pour voir passer les voitures.

Aujourd'hui nous nous rappelons effectivement que cette "escapade" de Wanda (ou quel que soit le nom qu'on lui donne) nous est revenue aux oreilles à l'époque, mais nous n'y avions pas prêté attention. Pourquoi l'aurions-nous fait ? Nous n'avions alors aucune raison de nous inquiéter au sujet de Wanda Meening ; et, comme il a été dit, c'était l'été.

26

Nina marchait dans le bois, derrière la Maison bleue. Elle sentait sous ses pieds l'épaisseur élastique d'une couche de mousse et d'aiguilles de pins. Dans une mer de broussailles, les premières myrtilles arrivaient à maturité. Elle se pencha ici et là pour en cueillir quelques-unes, les plus grosses, d'un bleu-indigo velouté, rondes avec un creux infime à l'emplacement du pédoncule. Nina fit rouler les petits fruits accomplis dans la paume de sa main avant de les porter à sa bouche. Sous le dôme que formaient les cimes des pins maritimes il faisait chaud, une chaleur sèche, aux odeurs aromatiques de forêt. Nina y décelait déjà la trace d'une senteur plus âpre : quelques jours encore, et les girolles pousseraient entre les touffes de bruyère et les lambeaux d'écorce détachés des fûts. Quelquefois, elle s'asseyait sur l'un de ces monticules où les racines des arbres sortaient du sable en replis tortueux. Elle écoutait le sifflement des oiseaux, le battement de leurs ailes dans les buissons et le bourdonnement des insectes dans les herbes. Le faîte des arbres donnait une ombre légère, un papillotement de taches scintillantes et de zones claires et mates. Elle ne rencontra personne, elle avait le bois pour elle toute seule.

Quand elle arriva près de la petite dune, elle aperçut soudain Wanda Meening. Instinctivement, Nina fit un pas en arrière. Elle était consciente qu'au début de son séjour à la Maison bleue elle s'était montrée plutôt brusque et méfiante envers Wanda, et que cela – bien que ce n'eût pas été son intention – avait été durement ressenti. Elle n'aimait pas Wanda, mais elle n'avait pas voulu la blesser. Elle n'avait pas non plus envie de lui parler ; elle serait peut-être obligée d'expliquer son aversion pour les interviews.

Wanda s'appuyait contre un pin qui donnait l'impression d'avoir été frappé par la foudre : le tronc était hérissé de dizaines de branches courtes, nues, cassées brutalement, pareilles à des fers de lance pointés de biais. Etrangement, Wanda semblait chercher un appui pour grimper, ou un soutien pour ne pas tomber. Mais déjà elle glissait, s'affaissait le long des excroissances dangereusement coupantes : le sang ruisselait des entailles profondes qu'elle avait aux mains, aux pieds et au visage, des taches rouge sombre apparurent sur ses vêtements.

Nina voulut crier, porter secours, mais aucun son ne sortit de sa gorge, elle ne put bouger, comme il lui arrivait dans des cauchemars. Quand elle retrouva soudain l'usage de ses jambes, après un laps de temps indéterminé, il apparut qu'elle avait été victime d'une hallucination. Sur le fût, avec ses moignons de branches acérés, jouaient les ombres des feuillages ; des lambeaux de tissu ligneux remuaient sous un souffle de vent : là où l'écorce s'était détachée, des bandes plus claires, presque couleur chair, étaient visibles. Nina considérait l'endroit vide où elle avait vu tomber Wanda. Elle s'aperçut qu'elle entendait de nouveau les oiseaux, ainsi que le frémissement, le murmure et les faibles craquements de la forêt ; elle réalisa qu'elle avait eu cette vision dans un silence oppressant, qui n'était pas naturel. Elle se trouvait maintenant si près de l'arbre qu'elle pouvait le toucher. Avec sa masse confuse de branches et de rameaux mutilés, il avait l'air misérable, mal en point. Qu'avait-elle vu ? Et avait-elle réellement vu quelque chose ?

27

Rentré plus tôt que de coutume, Diederik trouva sa fille dans la salle de séjour. Elle était assise à la table, se balançant sur sa chaise, sans doute au rythme de la musique diffusée par son baladeur, qu'elle était seule à entendre. Diederik se dirigea vers elle et retint la chaise. Elle enleva ses écouteurs. Il vit briller du bleu entre les cils, au coin de l'œil.

"Bonsoir Lenny. Wanda n'est pas à la maison ?"

"Non."

"Où est-elle ?"

"Je ne sais pas."

Diederik vint s'asseoir et regarda sa fille, son seul enfant. A chaque fois, il s'étonnait qu'elle ressemblât si peu à Wanda ou à lui-même, physiquement ou moralement. Lenny était grande pour ses treize ans, avec de longues jambes. Des cheveux d'un blond-roux soyeux, frisés au fer au-dessus du front, tombaient en mèches d'inégale longueur dans la nuque, rejetées derrière les oreilles. Elle avait enfilé les uns sur les autres plusieurs vêtements amples, gris et noir, et portait au cou quelque chose qui ressemblait à un collier de chien clouté. Les efforts de l'enfant pour se donner une petite touche punk l'attendrirent. Des cahiers et des livres étaient étalés sur la table. Avec des feutres bleu et rouge, au dos de son bloc-notes, en lettres de formes variées, hachurées, partiellement ou entièrement colorées, elle avait écrit un certain nombre de fois le mot DINGO. Ce mot figurait aussi sur le dos de sa main gauche.

"Ça marche, les devoirs ?"

"Je n'ai plus de devoirs."

"Mais oui, j'oubliais, c'est presque les vacances !"

"Encore dix jours, la galère !"

"Tu passes dans la classe supérieure ?" demanda Diederik pour la taquiner, certain de la réponse.

Lenny ne répondit pas, elle trouvait sa question trop puérile pour daigner y répondre. Elle se pencha sur le bloc-notes et retoucha son morceau de calligraphie, un graffiti de conception très personnelle. Diederik aurait voulu savoir si elle s'ennuyait. Il s'étonnait souvent de sa capacité à ne rien faire, à "traînasser", comme il disait.

"Qu'est-ce que tu fais normalement, quand tu rentres à la maison ? Tu bavardes avec Wanda ?"

"Non."

"Et pourquoi non ?"

"Parce qu'elle n'est jamais là."

Diederik eut besoin d'un certain temps pour digérer la chose. Quand il mettait la clef dans la serrure – généralement autour de sept heures du soir – Wanda s'agitait dans sa cuisine entre le fourneau et l'évier (à la saison où la nuit tombait vite, il voyait de loin briller la lumière derrière les rideaux à petits carreaux rouges), et Lenny était grimpée sur son tabouret, dans le coin-bar. Il prit alors conscience que jamais il ne s'informait de ce qu'elles faisaient dans l'intervalle précédant son retour à la maison. Il s'intéressait à la vie scolaire de Lenny et aux occupations de Wanda entre neuf heures du matin et quatre heures de l'après-midi. Pour lui, il allait de soi que la mère et la fille prenaient le thé ensemble quand Lenny rentrait de l'école, ou qu'elles faisaient des courses, ou encore que Lenny travaillait à ses devoirs pendant que Wanda s'occupait dans la maison, par exemple, se consacrait comme ces derniers temps à développer ses photos, cette initiative personnelle étonnante, dont elle voulait à tout prix l'exclure, ce qui, à la réflexion, l'amusait plus qu'autre chose : c'était le signe d'une autonomie croissante, et c'était précisément ce qu'elle voulait. Il supposa que son absence avait un rapport avec ce hobby.

"Alors tu restes toute seule ?"

"Et après ? Mais je vais aussi voir Bart."

"Quel Bart ?"

"Bart Munt, d'à côté."

Voilà qui modifiait encore sa vision des choses ! Il n'avait pas jusqu'alors remarqué que Lenny fréquentait les garçons des voisins. Il fut satisfait qu'elle soit la bienvenue dans la maison de

Nora qu'il considérait comme une mère raisonnable et équilibrée.

Il n'avait pas eu beaucoup de contacts avec cette dernière, depuis que les Munt étaient devenus leurs voisins. Il sentait qu'il y avait quelque chose d'anormal dans la manière dont Nora et lui s'évitaient. Jamais ils ne firent allusion entre eux ou devant des tiers à leur idylle de l'été précédant l'année du bac. Diederik voyait la Nora actuelle avec des yeux si totalement différents qu'il avait de la peine à se la représenter sous son apparence de jadis. Il y avait dans leur relation un élément dérangeant et trouble qu'il refoulait sous des sentiments de sympathie, et on peut dire aussi, d'une certaine fierté devant la manière dont elle avait surmonté les difficultés de sa jeunesse, tenait sa maison de manière exemplaire, avait créé un jardin magnifique. Il admirait ce jardin comme tout le monde, mais il était pourtant secrètement content que la haie fût assez haute pour lui éviter une confrontation quotidienne avec le domaine de Nora. La satisfaction qu'il ressentait à apprendre que Lenny se rendait à la maison voisine recélait une part d'*amende honorable** à l'égard de Nora, comme s'il tentait de s'excuser pour l'absence d'un autre lien, plus profond. Il s'interdit d'y penser davantage.

Il monta au premier et prit une douche. En s'essuyant, il marchait dans la chambre à coucher et par la porte ouverte il pouvait jeter un coup d'œil dans l'atelier de Wanda. Sur les étagères qu'il avait fixées au mur, au commencement de l'été, étaient exposées les productions artisanales de cette dernière : quelques poteries,

* En français dans le texte.

légèrement déjetées, peintes et vernissées, des bandes de tapisserie aux couleurs criardes, des fleurs de raphia biscornues. Son appareil photo était sur la table, à côté du sac dans lequel elle transportait son matériel. Elle n'était donc pas sortie pour "prendre des photos". La nature du désordre, dans la penderie, lui indiquait qu'elle s'était habillée en hâte pour une de ces occasions où elle voulait paraître à son avantage. Diederik ne put s'empêcher de sourire ; il se l'imaginait devant le miroir, l'œil critique, indécise et impatiente, tenant devant elle un vêtement après l'autre, tous du genre salopettes et combinaisons dernier cri qu'elle portait désormais. Il se baissa pour ramasser une ou deux bricoles qu'elle avait laissées là où elles étaient tombées. Enfin il y avait quelque chose qui l'intéressait, elle *faisait* quelque chose ; elle était aussi moins souvent sujette à ces bouderies puériles qui le laissaient désemparé.

28

Wanda Meening était désormais convaincue qu'elle ne pouvait compter sur aucune forme d'aide là où elle habitait. Joost Braam l'avait tout simplement laissé tomber, Nina Sanglar l'avait profondément déçue. Elle attribuait cet échec à l'atmosphère provinciale du quartier, à sa façon de lambiner, à son défaut de goût pour l'aventure. Elle n'avait jamais trouvé chez les gens qu'elle connaissait un écho à ses débordements d'enthousiasme et d'énergie. Le seul à réagir avait été Diederik, à sa manière "éducative" qu'elle ne pouvait souffrir. Pour arriver à quelque chose, elle devait déployer ses ailes. Le soutien dont elle avait besoin ne pouvait venir que de l'extérieur.

Elle se l'était juré : avant sa quarantième année, elle aurait réussi, elle serait indépendante et célèbre. Sinon, autant se jeter à l'eau plutôt que de continuer à végéter à la remorque de Diederik, c'est-à-dire en n'étant personne. Son impatience grandit. Elle déambulait dans les environs pour faire des photos, mais le paysage l'ennuyait, elle ne rencontrait aucun visage intéressant. Les vacances qu'avait proposées Diederik ne lui disaient rien non plus : deux semaines tous les deux quelque part, à faire des promenades dans la nature, à visiter les curiosités touristiques, au Danemark, en Suisse, ou dans les Vosges – des endroits dont elle se moquait complètement –, pendant que Lenny, comme chaque année, rejoindrait un camp de vacances. Quand elle incita Diederik à aller en Frise faire de la voile en solitaire (un vœu longuement caressé), Diederik, ébahi, manifesta une reconnaissance dont elle fut presque gênée. "Et toi alors ?" s'était-il inquiété ; elle était persuadée qu'au moment de partir il lui proposerait encore de rester avec elle à la maison, si elle préférait cela en fin de compte. Mais Wanda n'avait pas l'intention de lui donner cette impression. Elle trouvait les choses très bien ainsi. Une possibilité de réaliser ce à quoi elle aspirait semblait se présenter. La liberté était à portée de la main.

Elle devait prendre ses dispositions.

29

"Si c'est plus fort que toi…" dit Nora Munt.

Wanda négligea le sens habituel de l'expression, elle la prit à la lettre.

"Tu le penses, toi aussi ?" demanda-t-elle avidement.

"Je veux dire, personne ne peut prendre la décision à ta place. Tu es maîtresse de ton sort."

Wanda poussa un soupir de soulagement. Pourquoi s'était-elle sentie si souvent incertaine dans la compagnie de Nora ? Il lui semblait maintenant qu'elle ne connaissait personne dans le quartier qui pouvait lui servir de caisse de résonance d'une manière aussi calme et aussi efficace.

"D'abord, je veux quitter la maison pour quelque temps. Ça ne va plus du tout entre Diederik et moi."

Nora posa sur Wanda son regard gris pensif, mais ne dit rien.

"J'ai un peu d'argent à moi. Des actions ! Je peux les vendre, poursuivit Wanda. Je veux louer une chambre à Amsterdam."

"Et Lenny ?"

Wanda s'attendait à cette question ; maintenant qu'on la lui posait, elle sortit hâtivement l'argument qu'elle avait préparé.

"Lenny est une enfant autonome, je le remarque tous les jours. Elle vit sa vie. Pour elle il n'y aura pas de différence. Et elle pourra venir me voir, si elle en a envie, pendant les vacances par exemple."

"Quels sont tes plans ?"

"Oh…" Wanda soupira derechef, soulagée. "Il y en a tant ! D'abord, je veux voyager. J'ai eu l'adresse d'une agence qui propose des voyages alternatifs dans le monde entier, pour presque rien. Il faut que je m'épanouisse, que j'accumule des impressions. Et je veux photographier. J'ai un projet de livre, *Les Habitants des hauteurs*, un beau titre, n'est-ce pas ? sur les paysans indiens des plateaux andins, en Bolivie et au Pérou. Plus ils vivent haut, plus ils sont pauvres. Tu savais ça ?"

"Mais c'est toute une expédition !"

"Oui, n'est-ce pas ? Mais vois-tu, je sens là..." Wanda pressa ses deux mains contre sa poitrine. "Je ne veux pas me contenter de vivre, je veux signifier quelque chose, pour les gens, pour le monde. Peut-être que ce ne sera pas par la photo, mais d'une autre manière. Je sais que j'ai ça en moi, que je le peux."

"Et comment réagit Diederik à tes projets ?" demanda Nora.

"Je lui en parlerai quand j'aurai tout réglé."

"Est-ce bien raisonnable ?"

"Mais Nora, la raison n'a rien à voir là-dedans ! Tu ne connais pas Diederik, du moins pas comme je le connais moi. Il ne comprend pas que je dois m'exprimer, moi, et rien que moi. D'ailleurs il n'est pas là, il fait de la voile en Frise."

"Tu n'aimes pas Diederik ?" C'était une question qui résonnait comme un constat et donnait à Wanda la possibilité d'exprimer enfin froidement ce qu'elle éprouvait sans se sentir coupable ou sans être obligée d'y mettre les formes.

"Si, je l'aime, mais nous ne sommes pas faits l'un pour l'autre."

"Au début, tu pensais autrement, semble-t-il. Depuis combien de temps êtes-vous mariés, quinze ans ? C'est pourtant toi qui l'as choisi ?"

"Tu veux savoir comment ça s'est passé ? Mes frères, ma mère ont poussé à la roue, ils adoraient Diederik."

"Ah, Wanda, ne raconte pas d'histoires !"

"Si, je te jure !" Wanda se rapprocha de Nora, d'un mouvement brusque, sur le canapé. "D'après eux tous, je ne sais pas compter jusqu'à dix. Ils ont toujours fait comme si j'étais demeurée. «Wanda sera une éternelle enfant», sur ce ton, tu vois ? Diederik a fait ses études à Delft en même temps que mes frères. Il venait souvent à la maison. Comme il était amoureux de moi, ils m'ont refilée à lui."

Nora secoua la tête. "Sottise ! Epouser quelqu'un qui ne l'aime pas ne ressemble pas à Diederik. Ou tu as fait semblant ?"

"J'en avais marre d'être sous la coupe de mes frères. Je ne m'entendais pas non plus avec ma mère, on s'engueulait tout le temps, d'ailleurs elle est le plus souvent patraque, elle a mal au cœur, etc. Je voulais partir, tu comprends."

"Et maintenant, tu veux t'en aller de nouveau."

Wanda poussa un soupir d'impatience. Elle promena son regard dans la pièce gris anthracite et rouge-brun, si distinguée, si ennuyeuse. Avait-elle eu raison de mettre Nora dans la confidence ? Nora pouvait-elle la comprendre ? Bien qu'il n'y eût personne pour les entendre, Wanda se mit à chuchoter.

"Diederik ne me laisse jamais tranquille. Il est toujours à me tourner autour quand il est à la maison. Je suis son harem, tu comprends ?"

Nora ne dit mot. Son visage se durcit, blêmit, ses yeux s'attachaient à la bouche rouge et mobile.

"Oui, mon Dieu, comment t'expliquer ? Selon moi, Diederik ne pense qu'à ça. Je ne sais pas si tous les hommes sont pareils, mais lui ne veut que moi. Je ne le supporte plus. Qu'est-ce que tu en penses ? Je suis peut-être frigide. Je me fiche de mon corps. L'important est que les gens sachent qui je suis, moi, et pas une autre. Est-ce que c'est fou, à ton avis, est-ce que c'est mal ?"

"Non, non", dit Nora hâtivement. La paralysie qui l'avait saisie fit place à une sensation de fourmillement, comme si, venant du froid, elle pénétrait dans une pièce chauffée. Elle respira profondément.

"Tu as raison. Je crois que tu dois partir. Si c'est ce que tu sens, tu ne peux pas rester. Ce n'est pas honnête vis-à-vis de Diederik."

"J'espère qu'il trouvera quelqu'un d'autre. Ce serait le mieux."

"Mais alors pas de demi-mesure, dit Nora. Tu dois en finir pour de bon."

"Tu veux dire divorcer ?" Il y avait comme un transport dans sa voix.

"Divorcer, oui", répondit calmement Nora.

30

D'où est venu le bruit que Nora Munt, en août – à moins que ce ne fût au début de septembre ?–, aurait gagné à la loterie ? Nous avons fini par le reconstituer. La femme de ménage d'un tel l'avait appris du facteur, qui le tenait à son tour de Verlaan, l'horticulteur qui fournit toujours des plantes aux Munt pour leur jardin. Celui-ci avait vu de ses propres yeux Mme Munt, d'habitude si réservée, presque guindée, danser sur la pelouse derrière sa maison : elle tournoyait, faisait des cabrioles, agitait les bras, et son corsage, comme je vous le dis, était déboutonné ! Verlaan était resté planté près du portillon qui fait communiquer les deux parties du jardin : elle semblait devenue folle ! Il ne fut pas rassuré. Juste comme il voulait s'en aller à pas de loup sur le gravier, elle l'aperçut. Hors d'haleine, elle était venue lui ouvrir le portillon (il portait une pile de cageots contenant des bulbes de fleurs). Un peu craintivement il lui avait demandé : "Vous avez gagné le gros lot, pour sûr ?" et elle avait éclaté de rire, mais n'avait pas démenti. Nous autres, dans le quartier, nous avons trouvé cette histoire bizarre. Les Munt sont riches, tout le monde le sait. Gagner un prix en espèces aurait-il pu inciter Nora Munt à virevolter comme une bacchante dans son jardin, en plein jour ? Quelle a bien pu être la cause d'une telle explosion de joie ?

Après coup, nous étions enclins à ne pas prendre l'histoire au sérieux. Mais Verlaan est un homme tout ce qu'il y a de raisonnable. Il devait y avoir quelque chose de vrai dans son histoire, et il en est aussi resté quelque chose. Les regards qui suivirent Nora Munt à la fin de l'été, quand elle était signalée dans le quartier, à pied, à vélo ou dans sa Renault 5, s'attachèrent à détecter une trace de cette extravagance inhabituelle dans son apparence et son comportement. Sur ce point, les femmes sont meilleures observatrices que les hommes. Les dames du quartier remarquèrent que Nora changeait de look. Elle semblait rajeunie, elle portait souvent des tenues sportives de jeune fille, et se montrait parfois avec les cheveux tirés en arrière et noués en une courte queue de cheval. On trouva qu'elle exagérait un peu, même si cela lui allait bien.

Mais ce ne fut que l'affaire d'un mois ou deux, une incartade passagère. Des rumeurs, des choses dont on crut soudain se souvenir à propos de la Musy Bloemcamp de jadis, disparurent du jour au lendemain, aussi brusquement qu'elles avaient resurgi à la suite de cette étonnante métamorphose.

31

"Madame Sanglar !"

Nina, qui, au retour d'une promenade, traversait les fourrés en bordure du bois pour rentrer à la Maison bleue par l'arrière du jardin, se trouva brusquement nez à nez avec Diederik Meening. Au cours de l'été, elle l'avait rencontré à plusieurs reprises et avait eu, à chaque fois, l'impression d'un être à l'esprit clair, calme, peu loquace comme le sont souvent ceux qui s'occupent de sciences exactes. Maintenant il semblait un autre homme : son visage était gris, son regard éteint, il avait l'air de quelqu'un qui manque de sommeil.

"Je me demande… commença-t-il, en hésitant. Peut-être êtes-vous pressée ?"

"Pas du tout", dit Nina, touchée par son désarroi.

"J'aimerais vous demander quelque chose. Voulez-vous entrer un instant ?"

Nina n'était pas venue dans la remise depuis ses années d'enfance. Elle se la rappelait comme une pièce unique, vaste. A l'époque de ses grands-parents, c'était le domaine de la calèche et des chevaux. Son père avait fait construire une galerie à mi-hauteur, le long du mur, sur trois côtés, pour installer ses bibliothèques et ses vitrines. De petits escaliers en colimaçon, avec de grosses cordes rouges en guise de rampes, conduisaient à la “mezzanine”, comme disait sa mère en parlant de cet entresol. En bas, il y avait un immense bureau, ainsi que des tables où étaient rangés les livres et les documents utilisés pour les recherches en cours. Un petit sphinx de granit bleu considérait le professeur quand il était en train d'écrire. Il y avait une momie dans un cercueil bariolé (Nina avait coutume d'embrasser la joue tannée, aussi dure que du bois, pour arracher des cris de dégoût à Félicia). Des tiroirs vitrés abritaient des vases en albâtre, des statuettes, des fragments de pierre avec des hiéroglyphes. Le soir, une lampe à l'abat-jour vert était allumée sur le bureau. Quand Nina entrait dans la remise, elle voyait, dans un îlot de clarté, la tête de son père et sa main tenant la plume.

Maintenant, la mezzanine avait été transformée en un véritable étage. La pièce du bas avait été divisée en une cuisine et une salle de séjour. En vain, Nina chercha du regard des points de repère tout en s'asseyant dans le fauteuil que lui présenta Diederik.

“C'est un peu en désordre, vous voudrez bien m'excuser”, dit-il.

Nina balaya l'excuse du revers de la main. “Je n'ai rien remarqué. C'était jadis la bibliothèque de mon père. Comme tout est changé !”

Diederik se tenait debout devant elle. “Wanda n'habite plus ici.”

Nina mit un certain temps à réaliser ce que voulaient dire ces mots. Elle se rappela soudain que Félicia avait exprimé son étonnement de ne plus voir Wanda.

"Elle est à Amsterdam, poursuivit Diederik. Elle a pris une chambre."

Nina le regardait et ne savait que dire.

"Je me demande si... Wanda aimait parler avec vous. A-t-elle jamais... Peut-il se faire qu'à cause de ces conversations... Elle vous admire, elle veut être libre, vivre sa vie..."

"Wanda a toujours eu plus de contacts avec ma sœur qu'avec moi, dit Nina. Et je suis sûre que Félicia ne l'a jamais encouragée à quitter son foyer, si c'est ce que vous voulez dire."

"D'un jour à l'autre..." Diederik passa la main dans ses cheveux, sur son visage. "Je n'arrive pas à comprendre. Il a dû se passer quelque chose. Vous ne vous rappelez rien... Elle venait si souvent à la Maison bleue."

"C'est vous le mari. N'avez-vous aucune idée vous-même... ? demanda Nina, d'un ton brusque. D'après moi, Wanda déborde d'ambition, mais elle ne sait pas ce qu'elle veut. Elle a une nature brouillonne. Et elle ne connaît pas ses propres limites."

"Oui, je sais bien." Il en coûtait à Diederik de poursuivre. "Elle ne me dit rien à moi, elle trouve que je la bride. C'est faux. Elle peut faire ce qu'elle veut. Je pensais que vous, peut-être... ?"

Nina se demanda si quelque chose de particulier ou d'inhabituel l'avait frappée, les rares fois où elle avait vue Wanda et lui avait parlé avant ce départ inopiné. Si elle se trouvait à la maison quand Wanda venait, elle ne tardait pas à laisser sa sœur en tête à tête avec la visiteuse. Wanda voulait tout savoir sur les pays lointains où avait vécu Félicia et Félicia ne demandait pas mieux que de raconter. La cérémonie du thé au Japon, les services orthodoxes en Russie, les festivités autour d'un mariage berbère n'avaient pas de secrets pour elle. Elle faisait miroiter aux yeux de Wanda des images colorées, pareilles aux illustrations d'un guide touristique luxueux. Quand ils habitaient au Pérou, Félicia avait fait des excursions avec son mari vers les hauts plateaux de l'intérieur ; elle décrivit les ruines gigantesques de la ville des Incas, Machu Picchu, les marchés indiens avec les ponchos colorés, les petits bateaux sur le lac Titicaca, en Bolivie. Nina, par hasard présente ce jour-là, avait pensé : je pourrais t'en raconter bien d'autres, mais elle retint sa langue, pour ne pas gâcher le plaisir de Félicia. Que Diederik lui attribue maintenant de l'influence, voire une influence pernicieuse sur Wanda, lui aurait paru ridicule en d'autres circonstances. Le souvenir de son hallucination du bois lui traversa de nouveau l'esprit comme un éclair, c'était une image qu'elle n'arrivait pas à oublier. Elle s'obligea à retrouver le cours normal de sa pensée.

"Quand j'étais enfant, dit Nina, ma mère quittait la maison chaque année, à plusieurs reprises. On appelait ça autrement, on disait qu'elle partait «en voyage» mais, en réalité, elle fuyait son foyer. Elle était toujours belle, elle avait l'air toujours maîtresse d'elle-même et assurée, mais, en fait, c'était une nature chaotique. Mon père la laissait complètement libre ; il pouvait se le permettre parce qu'il possédait une grande force intérieure, grâce à ses connaissances, grâce à son dévouement à ce que la science signifiait pour lui : la compréhension globale du développement de l'être humain. Je pense que le «temps», au sens courant du terme, n'existait pas pour lui. C'est en quoi il était fort et droit et lointain et invulnérable, et c'était ce qui attirait ma mère et la ramenait à chaque fois vers nous, vers mon père. Elle réfléchissait en quelque sorte la lumière qui venait de sa personne et cela lui donnait un éclat particulier. Après sa mort, quand nous étions en Argentine, elle a perdu cet éclat. Elle avait besoin de quelque chose qui informe son moi et qui la stabilise. Elle s'est laissé embrigader par les machos et les fascistes. C'est ainsi que ça se passe : l'individu qui n'est que chaos à l'intérieur cherche une force unificatrice, se laisse facilement mener par une main de fer et une grande gueule. Vous êtes la crème des hommes, mais vous n'êtes pas fort. Je vous le dis en face, mais vous le savez aussi bien que moi, je pense."

"Mais je ne demande rien d'autre que d'aider Wanda à trouver sa propre identité ! Seulement, elle n'accepte rien de ma part."

Nina allait dire : "Wanda est sotte, et là est le danger", mais elle ravala ces paroles. Elle ne pouvait pas davantage exprimer tout haut les réflexions qui lui venaient, à savoir que l'univers mental de Diederik était trop spécialisé, trop dominé par les formules d'une discipline purement technique, et donc trop uniforme, trop aride pour insuffler une force inspiratrice à son incontestable bonté.

32

Depuis que Wanda Meening a disparu, nos promenades du dimanche matin (quand nous nous promenons) nous ont comme automatiquement ramenés vers le terrain où la ruine de la Maison bleue offrit pendant des mois une sombre mais édifiante image de la précarité des choses. Mais plus qu'à ces tas de poutres et à ces amas de pierres, à ces ouvertures béantes dans des murs qui n'enferment que du vide désormais (les tuiles bleues ont été enlevées une à une et vendues, pour autant qu'elles étaient entières, à un marchand de matériaux de récupération), notre intérêt allait – et va encore – à la remise, bien visible entre les arbres dépouillés. Nous apercevons quelquefois Lenny Meening, une gamine qui ne dit jamais bonjour, qui tourne même le dos aux passants, si bien qu'il est impossible d'échanger quelques mots avec elle. Quant à Diederik, nous ne l'avons vu que très exceptionnellement au cours de l'hiver, ce qui est compréhensible. Qu'il ait trouvé, jour après jour, le courage d'aller à son travail nous emplit de respect, surtout quand nous pensons qu'il est tenaillé en permanence par l'incertitude. Ne pas savoir ce qu'est devenu un être cher n'est-ce pas plus pénible que de l'avoir perdu ? Car l'inexplicable devient une obsession.

Nos propres pensées ne cessent de tourner autour d'une poignée de faits : en septembre, Wanda Meening quitte mari et enfant pour aller vivre à Amsterdam dans un meublé ; en octobre, elle semble partie pour une destination inconnue (en voyage ?) et désormais on perd sa trace. Elle n'a pas résilié sa location, il y a encore dans la chambre des affaires qui lui appartiennent. Les parents, les connaissances ne savent rien. Qui peut y comprendre quelque chose ? Diederik a attendu un signe de vie pendant des semaines, avec un sang-froid quasi surhumain. En ce qui nous concerne, nous autres, dans le quartier, l'inquiétude que nous partagions au début fait place lentement à de l'irritation et à de l'indignation. S'il était question d'un accident ou d'un crime, n'aurait-on pas trouvé des indices – surtout depuis que la police (et Interpol, à ce qu'on dit !) se mêle de l'affaire ? On ne nous ôtera pas de l'idée que Wanda Meening se tient volontairement cachée. Mais pourquoi ? Certains pensent même qu'avec la complicité et l'aide de Nina Sanglar elle fabrique Dieu sait quoi à Paris.

Depuis que Wanda est partie, ici ou là, dans les mémoires de petites phrases refont surface, venant des parents de Diederik, qui comptent parmi les plus anciens et les plus respectables habitants du quartier ; des remarques incidentes, qui, sur le moment même, ne furent pas jugées importantes par ceux qui les entendirent par hasard, et furent ensuite noyées dans un tel flot d'informations concernant des affaires plus graves qu'elles nous ont provisoirement échappé ; aujourd'hui, elles sont remises à l'ordre du jour par tel ou tel : entre autres, le fait que le Dr Meening et sa femme n'ont jamais été enchantés du choix de leur fils. Ce qu'on taxait, à l'époque, de réaction "classique" – la future bru trouve rarement grâce auprès des parents d'un fils unique ! – est perçu a posteriori *dans un autre éclairage. Le vilain mot qui échappa un jour au Dr Meening circule à nouveau : Diederik serait "tombé dans le panneau", par suite de sa serviabilité et de sa reconnaissance envers des camarades d'études, les frères aînés de Wanda, qui, tout de suite après son diplôme d'ingénieur, l'avaient fait entrer dans la florissante usine familiale de produits chimiques. Quant au passé de Wanda, il donnait à réfléchir : des parents divorcés ; la mère incapable de se faire obéir de la benjamine (difficile, enfant gâtée) ; un diplôme décroché de justesse après trois ans de lycée moderne, une formation de jardinière d'enfants interrompue à mi-parcours ; un stage de réceptionniste abandonné au bout de quelques mois. Une petite phrase de Mme Meening perpétue à elle seule son inquiétude à propos du caractère versatile et influençable de la petite amie de Diederik : "Elle papillonne à Amsterdam."*

Quelle sorte d'amis avait Wanda à l'époque ? Des provos ? Des activisites qui occupèrent la Maagdenhuis** ? Maintenant que toutes ces choses nous sont venues, pour ainsi dire apportées par le vent d'hiver, et qu'elles s'imposent avec ténacité, comme le bruit d'un volet qui claque ou celui de la pluie fouettant nos vitres, il nous faut repenser au comportement étonnant de Wanda lors de l'exposition organisée par Joost Braam. Mais nous rejetons aussitôt la supposition – qui avait traversé l'esprit de certains – qu'elle aurait des opinions politiques radicales. Nous avons toujours trouvé que c'était un curieux spécimen, séduisante, avec une sorte de charme latin, certes, mais en quelque sorte inachevée, imprévisible. Tout charme mis à part, on a l'impression que son visage, comme sa personnalité, peut être modelé comme de la glaise ; comme si, en appuyant légèrement ici, en rabotant un peu là, on pouvait produire une série de variations*

* Animateurs d'un mouvement de contestation politico-écologique en 1965 recourant à la provocation pour se faire entendre, d'où leur surnom.

** Littéralement : "La maison des pucelles", bâtiment de l'université d'Amsterdam occupé par les étudiants pendant la contestation de 1968.

sur le thème Wanda Meening. Une coïncidence étrange vient de nous en faire prendre conscience.

La gare de notre village peut s'enorgueillir d'un kiosque à journaux bien garni. Parmi les hebdomadaires en vente, il y a une feuille à sensations allemande, qui a beaucoup de lecteurs. Ici, dans le quartier, on fait comme si on n'achetait jamais ce "magazine" (la couverture vulgaire et criarde est une insulte au bon goût), mais la majorité d'entre nous semble pourtant savoir ce qu'il y a dedans. C'est également le cas à propos d'un numéro récent contenant un reportage sur le terrorisme international. L'article est illustré de photographies d'une demi-douzaine d'individus notoires de ce milieu : de mauvaises reproductions noir et blanc des clichés qui sont pris généralement au moment d'une arrestation. Ceux qui les ont vues ont retenu leur souffle, quand leur regard est tombé sur le portrait d'une femme connue sous le nom de Dolorès Ibarragui (mais possédant une demi-douzaine d'autres noms), âgée de trente-deux ans, impliquée, entre 1979 et 1981, entre autres, dans des attentats et des enlèvements au Pays basque espagnol, arrêtée en 1982, s'évadant presque aussitôt grâce à une complicité extérieure, recherchée pendant deux ans par la police de quatre Etats européens et deux pays sud-américains, et en octobre dernier, retrouvée morte et mutilée dans un terrain vague de la banlieue parisienne. Liquidée ? Par qui et pourquoi ? En tous les cas, c'est un danger public en moins ! On peut arrêter la chasse en ce qui concerne la femme en question, elle ne nuira plus à personne. Quand on regarde cette photo datant de quelques années, on est tenté de dire : c'est le visage de Wanda

Meening, mais avec des sourcils plus épais et une bouche moins bien dessinée. En outre, les yeux de Wanda ne sont pas aussi durs. Mais tout de même ! La ressemblance est hallucinante !

33

“Otto, dit Nora Munt, il faut que je te parle.”

Après le dîner, ils étaient assis dans le renfoncement de leur grande salle de séjour. Les panneaux de verre coulissants, donnant sur le jardin, étaient ouverts. Les rayons du soleil couchant embrasaient les massifs de Nora. En ce mois de septembre, elle avait des fleurs et des arbustes fleuris déclinant toutes les teintes de jaune. Par le reflet de la lumière, la pelouse semblait elle aussi poudrée d'or.

Nora avait pris une décision qui pouvait être lourde de conséquences pour le restant de sa vie. Elle regarda Otto qui était occupé à vider dans un flacon le contenu d'une bouteille de cognac. La veille, il était rentré d'un voyage d'affaires en Extrême-Orient. Comme d'habitude, il s'était d'abord présenté à Nora et aux garçons, pour voir comment ça allait “à la maison” et pour dormir tout son soûl, avant de rejoindre sa maîtresse à Amsterdam, où il possédait un appartement. Il avait fait la grasse matinée, avait déjeuné au lit, lu les journaux que Nora avait gardés à son intention, et l'après-midi il avait parlé avec ses fils des vacances, juste terminées, et des perspectives pour l'année scolaire qui commençait.

Maintenant, Nora était seule avec lui. Les garçons regardaient la télévision dans la salle de jeux. Nora trouva qu'Otto avait l'air bien, détendu, reposé. Quand le rythme frénétique de sa vie se calmait un peu, elle retrouvait avec plaisir en lui l'Amstellodamois laconique et équilibré avec lequel elle s'était fort bien entendue depuis le jour où elle était entrée dans son bureau, il y avait seize ans déjà. Il y régnait une pagaille sympathique certes, mais catastrophique pour la bonne marche des affaires, elle avait mis de l'ordre ; dans la journée ou pendant les heures supplémentaires, elle avait appris à estimer l'ardeur au travail et l'énergie d'Otto ; elle avait ri aux éclats dans les dîners au restaurant qu'il offrait à son équipe (ensuite, de préférence, à elle seule) ; elle lui était infiniment reconnaissante, et le serait toute sa vie, pour la façon désinvolte en apparence avec laquelle il l'avait sortie de sa vie monotone et grise. Elle n'avait jamais regretté d'avoir cédé, dans un voyage d'affaires, à ses avances enjouées et résolues, et d'avoir ensuite accepté de l'épouser. Otto ne lui avait pas juré un amour éternel, et elle le connaissait trop bien pour attendre de lui ce qui n'était pas dans sa nature. Sur ce point, il était totalement honnête. Elle savait à quoi s'en tenir. Comme au bureau, il lui avait donné carte blanche en ce qui concernait l'organisation de leur vie domestique, avec les moyens nécessaires pour tout arranger selon ses goûts et ses idées. Elle lui devait cette confiance en elle qui lui avait permis de rejeter Musy Bloemcamp comme une vieille peau.

Quand ils achetèrent le terrain jouxtant la Maison bleue, leur vie commune avait pris sa forme définitive. Le bungalow était la base d'Otto ; Nora et ses deux fils représentaient pour lui un élément d'accomplissement social, la "classe" qu'il avait acquise. En outre, il les aimait à sa manière. S'il n'avait tenu qu'à lui, les choses pouvaient rester ainsi pour toujours. Nora et lui étaient deux compagnons, deux camarades ; à côté, il avait sa vie à lui, l'aspect aventureux de son business, son appartement à Amsterdam, et depuis quelque temps sa maîtresse, une hôtesse de l'air, une blonde émancipée et joyeuse qui entendait profiter de sa jeunesse aussi longtemps que possible, ne songeait pas à faire prévaloir ses droits sur lui, et était également acceptée par Nora.

Otto se versa un cognac. "Je t'écoute", dit-il sans lever les yeux, en réponse à la première phrase de Nora.

"Je veux divorcer."

Le cognac brilla dans le verre, une étincelle trembla sur le poli du granit anthracite de la table basse. Otto fit glisser sa main par-dessus, la tache dorée était maintenant dans sa paume.

"Are you sure ?"*

"Quand nous sommes venus habiter ici, nous sommes convenus..."

"Je sais très bien ce qu'il a été convenu, dit Otto, en l'interrompant. Et je m'y tiendrai. Mais est-ce que je peux te demander pourquoi tu m'en parles maintenant ?" Nora fit non de la tête, mais elle sourit et chercha la main d'Otto par-dessus la table.

"Il n'y a pas de raison spéciale. Je veux être libre, c'est tout."

"Donc, tout de même ! Je ne l'aurais pas cru. Tu paraissais si heureuse, les dernières années."

"Je ne dis pas que je suis malheureuse, poursuivit Nora. Mais la vie passe."

* En anglais dans le texte : "Tu es sûre ?"

"Une femme comme toi a encore toutes ses chances. Dans quelques années, les garçons quitteront la maison..."

"Ce n'est pas ce que j'attends."

Otto prit une gorgée de cognac qu'il dégusta, la gardant en bouche un instant avant de l'avaler.

"La maison et le terrain seront à ton nom, tu le sais, ce n'est pas un problème."

"Je sais, tu es très généreux, Otto."

"Sans toi, je n'aurais pas aussi bien réussi. C'est toi qui m'as fait..."

"N'exagère pas ! Ne sois pas si modeste !" Mais elle savait qu'il disait vrai d'une certaine manière. Certes, il avait compris le premier quel bénéfice il pourrait retirer de son intelligence et de sa tendance au perfectionnisme, mais c'était elle qui, en le guidant, en le conseillant pendant des années, était responsable du produit final, de l'Otto d'aujourd'hui, elle qui avait donné l'allure d'un gentleman au garçon de Mokum* débrouillard et sans complexe.

Au-dehors, des oiseaux attardés sifflaient dans les buissons.

A en juger aux bruits qui arrivaient de la salle de jeux jusqu'à cette partie de la maison, Bart et Dick regardaient un film où on criait et on tirait beaucoup.

"C'est sérieux, je veux dire, le divorce ?"

Nora releva la tête. "Oui, c'est sérieux."

"Tu n'es pas satisfaite ? Il y a quelque chose qui ne va pas ? Dis-moi ce que tu veux changer !"

"Non, Otto, non."

"Mais j'ai absolument besoin de toi. Les Japonais vont arriver, et toute la bande des Américains."

* Nom d'Amsterdam, dans la langue populaire.

“Emmène-les dans de bons restaurants, conseilla ironiquement Nora. Ça doit pouvoir se régler. Je n’ai plus envie d’organiser des réceptions.”

“On peut tout acheter, dit Otto. Je peux louer le *Hilton* si je veux. Mais ce n’est pas la même chose.”

“Fie-toi à ton propre style, tout ira bien. Et si tu as envie de venir ici, le week-end, par exemple, ce ne sera jamais un problème naturellement, tu le sais.”

“Ainsi, tu me mets tout simplement à la porte ?”

“Sois honnête, ça ne changera pas grand-chose. Tu n’habites pas vraiment ici !”

Le soleil avait maintenant disparu derrière les arbres, la lumière au jardin avait changé. De l’air froid passant sur la pelouse se coulait dans la pièce. Nora se leva pour refermer les panneaux de verre. A travers le feuillage épais, elle vit s’allumer une lampe dans la remise.

“Je comprends bien que tu ne t’y attendais pas. Mais j’ai longuement réfléchi. Il ne peut en être autrement, Otto.”

“L’ironie de la chose, c’est que je commence à en avoir assez de faire des affaires aux quatre coins de la planète. En réalité, j’aimerais bien recommencer quelque chose ici, sur place, vivre plus tranquillement…”

Nora retourna vers le coin-salon et prit une cigarette dans le coffret qui se trouvait sur la table. Il lui arrivait rarement de fumer ; mais elle en éprouvait soudain le besoin irrésistible. “Tu n’en penses pas un mot, dit-elle, en se penchant vers la flamme qu’il lui tendait, dans un réflexe devenu une seconde nature. Toi, une vie tranquille ! Tu ne tiendrais pas deux semaines ! Tu as besoin de tous ces gens autour de toi. Et moi, je n'en veux plus à la maison. Pour commencer, tu dois te retrouver une secrétaire de premier ordre…"

"S'il n'y a pas un autre type, pourquoi es-tu si pressée ?"

Nora soupira. Elle se renversa sur les coussins couleur rouille, appuya la tête contre le rebord dur du canapé, ferma les yeux.

"Tu savais depuis des années que cela arriverait un jour. Tu étais d'accord. Tu as ta propre vie, et je ne te demande rien. Aujourd'hui c'est mon tour."

"C'est le journaliste qui est venu ici dernièrement, celui qui était dans ta classe ? qui veut fonder une maison d'édition ?"

"Mais non, dit Nora. N'insiste pas !"

"Il doit quitter ce journal, ça ne rapporte rien."

"Joost Braam est un ami, rien de plus. Je t'assure."

"Puisque tu le dis."

Ils restèrent un temps assis côte à côte, en silence, dans la pièce désormais plongée dans la pénombre.

"J'aimerais seulement savoir ce que tu comptes faire ?" demanda enfin Otto.

"Pour l'instant, absolument rien."

"Tu ne changeras jamais ! Toujours imprévisible. Mais d'accord ! Nous allons régler la chose au mieux. Et de telle manière que ces hypocrites du quartier ne puissent pas s'en mêler."

Nora se pencha vers lui, lui passa le bras autour du cou et l'embrassa sur la joue.

"Je n'ai qu'un seul ami véritable, et c'est toi."

"Je sais, dit Otto, je vaux mon pesant d'or."

34

La troisième semaine de septembre, Félicia repartit pour la Suisse. Elle estimait qu'elle n'avait plus de raisons de rester, maintenant que la transaction avec la Fondation avait été conclue à la satisfaction de chacun. La vie avec Nina, qui, depuis la visite de Pépé Sanglar, la tenait à distance par l'ironie – c'était ainsi qu'elle le ressentait – et ne lui faisait plus vraiment confiance, commençait à lui peser. Elle voulait revoir son chalet.

Mlle Mees, dont les bons soins étaient attendus ailleurs, prit congé à son tour, après avoir, encore une fois, nettoyé toutes les pièces occupées et rempli le réfrigérateur des denrées nécessaires. Nina resta seule. Elle avait repoussé à la mi-octobre la date de son départ. Pour la première et la dernière fois de sa vie, elle avait la Maison bleue entièrement à elle. Ce furent des jours étranges, des jours de fête. Elle avait le sentiment de vivre un rite de passage vers une nouvelle phase de son existence, comme elle se l'était imaginé, avant de venir à la Maison bleue.

Quand il faisait beau, elle passait de longues heures sur l'herbe, sous les arbres du jardin arrière, le dos appuyé au tronc d'un pin maritime. Elle entendait, très haut au-dessus de sa tête, le bruissement du vent dans les aiguilles. Les enfants du quartier étaient de nouveau à l'école. Elle ne voyait plus Diederik Meening ; rien ne bougeait près de la remise où n'habitait plus Wanda. De temps à autre, elle bavardait par-dessus la haie avec Nora Munt, s'étonnant toujours de la quantité et de la diversité des travaux qu'exige un jardin à l'automne. Cela lui rappelait un récit qu'elle avait lu ou entendu : l'histoire vraie d'une princesse du XVIIIe siècle, Sophie Dorothée de Hanovre, qui (en dépit de sa probable innocence) fut condamnée pour adultère à être reléguée sa vie entière dans un château à la campagne ; pendant trente ans, elle se consacra au jardinage, cette activité salutaire au corps et à l'esprit, qui épuise l'énergie animale et offre un exutoire au besoin d'aimer. Des livres sur les herbes et les plantes laissés par Sophie Dorothée attestent de la mesure avec laquelle elle sut se consoler dans sa solitude.

Nina raconta cette histoire à Nora Munt, qui ne put retenir un sourire en disant : "Il me restera toujours ça !"

Il ne se passait pas de jour sans que Nina ne déambule dans la Maison bleue, du grand salon au rez-de-chaussée, jusqu'aux mansardes, sous le toit, toutes vides, mais depuis qu'elle était seule, remplies, surtout la nuit, d'un mouvement à peine perceptible, d'un crissement, un craquement léger dans le bois des lambris et des parquets, comme si la maison restituait enfin tous les bruits qu'elle avait emmagasinés et gardés au cours de son existence.

Début octobre, le temps changea ; le vent commença à souffler, les premières feuilles tombèrent. Quand le ciel était clair, Nina marchait jusqu'à la lisière du bois pour contempler de là le toit bleu qui se haussait majestueusement au-dessus des frondaisons environnantes aux couleurs fanées. Le matin de bonne heure, par la fenêtre de la chambre d'enfants, elle voyait les pins en bordure du bois, pour ainsi dire effacés jusqu'à mi-hauteur, sortir des nappes de brouillard stagnant au sol.

C'était une nuit de pleine lune, belle et silencieuse comme elle en avait rarement vécue. Enroulée dans une couverture, elle s'assit sur le bord de la fenêtre et fit le bilan de sa vie. Elle croyait en une connexion des phénomènes, sans rendre une puissance supérieure responsable de ce qui lui arrivait, sans attendre d'un dieu qu'il se penche personnellement sur son sort, qu'il la console ou la récompense en fonction de ses mérites. Elle était persuadée que les forces que l'on nomme Bien et Mal apparaissent dans l'homme lui-même et que vouloir le bien devenait une donnée humaine seulement par le développement de la conscience individuelle. Elle ne se considérait pas comme une créature d'une race privilégiée. Quand elle essayait de se représenter l'étendue infinie de l'univers et sa complexité, elle ne pouvait que sourire devant des prétentions de cet ordre. Appartenir à une espèce consciente de sa propre condition et dotée de sens, d'un cerveau, de sentiments, lui semblait déjà miraculeux. Elle avait connu la force et la splendeur d'un amour partagé. De ses congénères, elle ne redoutait que la bêtise et l'intolérance, et l'angoisse aveugle qui, quand elle s'exprime massivement, dépasse les catastrophes naturelles en violence destructrice. Elle espérait une mort douce.

La veille de son départ – ses valises se trouvaient déjà bouclées dans le vestibule –, elle reçut une lettre de Félicia.

"Ma chère Nina, qu'il semble déjà loin, le moment où nous étions ensemble ! Comme le temps passe vite ! J'ai appris que la Fondation veut commencer la démolition fin octobre, au plus tard à la mi-novembre. Notre vieille maison n'existera plus. Je ne veux pas y penser, la vie continue. Comment vas-tu ? Tu t'apprêtes sans doute à partir, toi aussi. Le 15 octobre, on enlève les meubles. Ici, j'ai retrouvé tout en ordre. Je suis heureuse d'avoir regagné mon petit univers. Je ne devrais peut-être pas te l'écrire, mais sais-tu qui m'a rendu visite ? José Sanglar et son amie. Avant-hier, ils ont sonné à ma porte sans crier gare. Ils passaient leurs vacances en Suisse. Bien aimable de sa part de venir me voir. Mais que je te dise le plus étonnant : la petite jeune femme ressemble à Wanda Meening ! La même silhouette, les mêmes yeux aussi, avec un regard moins vif, et des cheveux relevés en chignon. Elle est née en Argentine, et a vécu en Bolivie et en Espagne. Elle s'appelle Matilda Martinez. La ressemblance est vraiment frappante ! Elle reste quelques jours avec moi parce que José doit se rendre à l'improviste en Allemagne pour régler des affaires inattendues. Elle ne parle que l'espagnol, c'est pourquoi elle préfère ne pas séjourner à l'hôtel. C'est quelqu'un de calme, tout à fait l'opposé de Wanda, à qui je ne cesse de penser quand je vois Matilda. Que fait-elle en ce moment, la follette ? As-tu des nouvelles d'elle ? Ecris-moi quand tu seras à Paris, et surtout fais-moi savoir si tu as besoin de quelque chose. J'y compte bien. Mais que se passe-t-il donc entre toi et José ? Après la scène du mois de juin, il est tellement persuadé que tu ne veux plus entendre parler de lui qu'il m'a même priée de ne pas t'informer de sa visite ici. Je le fais quand même parce que je trouve que les disputes n'ont pas de sens. Je sais que tu penses avoir de bonnes raisons de lui en vouloir, mais ne peux-tu oublier et pardonner ? Pourquoi ne pas lui envoyer une lettre, c'est ton beau-fils, après tout ! Chez nous, il fait beau, mais froid, il y a déjà de la neige sur les montagnes, c'est superbe. Matilda est assise devant la fenêtre. Elle est ravie, parce que c'est si tranquille, si retiré ici. Nous ne pouvons pas nous promener malheureusement, elle a mal à un pied. Bon, ma chère Nina, je termine. Donne-moi de tes nouvelles. Je t'embrasse tendrement, ta sœur Félicia."

Avec sa lettre à la main, Nina resta assise à la table de la cuisine, où elle venait de prendre son petit déjeuner. La plaque électrique sous la bouilloire contenant l'eau pour le thé était encore chaude, une source de chaleur bien modeste dans cette pièce haute de plafond à l'ancienne. Elle regarda dehors, le jardin était gris sous le crachin. La lettre de Félicia avait perturbé la paix de son "été indien" à la Maison bleue. Elle ne pouvait pas expliquer le sentiment de malaise qui l'emplissait mais elle savait que cela avait – une fois de plus – un rapport avec Pépé Sanglar. Par lui elle était ligotée à son passé. Elle ne pouvait pas considérer ce passé comme une époque révolue. Au contraire, aujourd'hui et pour toujours, il déterminerait ses pensées et ses actions.

Dans cette maison, sa mère argentine l'avait mise au monde ; mais Nina n'avait compris ce qu'il y avait d'argentin en elle, ne se l'était approprié, que grâce à Ramón Sanglar. Ramón était né à Buenos Aires, pas dans la ville même, mais dans l'immense *villa miseria** de San Cristóbal, située au milieu de gigantesques décharges où se consumaient lentement les

* En espagnol dans le texte : "bidonville".

immondices d'un million de Portègnes. Nuit et jour, le ciel était lourd de fumées fétides, la puanteur s'incrustait. Dans un labyrinthe de sentiers et de taudis fabriqués avec de la tôle, des morceaux de bois et de carton, s'érigeait Babel. Des immigrants venus d'Espagne, de Galice, d'Italie, de Pologne et des pauvres *mestizos* vivaient entassés les uns sur les autres, se bousculant dans leur chasse à la nourriture et au travail. Souvent, quand ils étaient couchés, après l'amour, Ramón lui avait parlé, à sa façon pudique et brusque, des dures années de sa jeunesse au début du siècle : comment, en haillons, pieds nus, mais trop fier pour mendier ou pour voler, il transportait des ballots dans le Retiro, le quartier du port, et traînait autour des bars où se produisaient les *tangueros*. Dans une chanson qu'il garda à son répertoire jusqu'à la fin de sa vie, il compara ce qu'il était alors au *palo borracho* : l'arbre qui défend son droit à l'existence par des épines "aussi grosses qu'une main d'enfant, aussi coupantes qu'un rasoir". Ses dons pour la musique avaient fait de lui un être humain, l'avaient empêché de devenir une bête féroce, sous le coup de la faim et la colère, mais le *palo borracho* resta planté dans son âme.

"Tu es devenue une vieille sotte. *Palo borracho*, c'est donc fini ?" lui avait lancé Pépé railleur. Elle n'était pas si sotte qu'elle ne pût trouver le moyen de découvrir quelles étaient les "affaires" urgentes de Pépé. Elle n'était pas si vieille qu'elle dût, apathique et découragée, se résigner à l'imposture et à la violence. Bien qu'elle comprît que le Pépé qu'elle redoutait était une victime du délire politique surréaliste qui avait saisi l'Argentine de l'après-guerre, et qu'une rancœur insupportable puisse conduire à de nombreuses formes de folie, elle rejetait ces considérations en tant qu'excuses pour les activités dont elle le soupçonnait aujourd'hui. Le *palo borracho* avait pris racine si profondément dans son cœur, à elle aussi, qu'elle ne supportait pas que le fils de Ramón distorde en une caricature affreuse cette image de la résistance morale.

Elle allait partir, mais pour aller où, elle ne le savait pas encore. Elle devait accomplir quelque chose, mais elle n'avait pas une idée nette de ce que c'était. Un pressentiment lui disait qu'une vieillesse sereine ne serait pas son lot.

35

Après avoir éteint les lumières et coupé le moteur de sa voiture, Diederik Meening resta assis derrière le volant, sans bouger, quelques instants – comme cela lui arrivait souvent depuis que Wanda n'était plus à la maison. L'automne était commencé. Mais il ne faisait pas complètement nuit. Si les nuages lourds de pluie s'écartaient (il y avait beaucoup de vent), on apercevait le gris du ciel crépusculaire. Diederik soupira et ouvrit la portière. Il prit une bourrasque de plein fouet. Il sentit les premières gouttes. Pendant qu'il cherchait dans sa poche la clef du garage, il vit une forme noire et voltigeante surgir à côté de lui.

“Diederik ?” Nora Munt rejeta en arrière la capuche de sa pèlerine cirée. Dans le crépuscule, son visage était d'une égale pâleur.

"Lenny est avec toi ?" demanda Diederik, en constatant qu'aucune lumière ne brillait dans la remise.

"Elle a mangé avec les garçons. Veux-tu me tenir compagnie pour dîner ?"

"Mon Dieu, Nora, on te cause beaucoup de tracas !"

"Qui parle de ça ?" Nora commença à rire doucement. Elle passa son bras sous le sien et l'entraîna. "D'abord, je veux te montrer quelque chose."

Un sentiment d'irréalité s'empara de Diederik, pendant qu'ils marchaient l'un à côté de l'autre sous les arbres qu'agitaient les rafales. Dans le lointain, il entendit venir la pluie, un bruissement léger qui s'amplifiait. Et puis un cliquetis de métal : Nora tenait, dans sa main libre, un trousseau de clefs qu'elle balançait. Ils traversèrent les buissons de la haie et se dirigèrent vers la porte arrière de la Maison bleue.

"Que fais-tu ?" demanda Diederik, surpris.

"Nina Sanglar m'a laissé les clefs. Dans quelques jours, on va enlever les meubles."

Ils se tenaient sur les marches de pierre qui menaient à la porte d'entrée. Soulevée par le vent, l'averse s'abattit sur eux comme une tenture liquide. Nora se pencha sur le trou de la serrure.

"Que fais-tu ?" demanda de nouveau Diederik.

"On ne peut plus passer par le soupirail, dit Nora. Il a été muré. Viens, tu vas être trempé." Elle le poussa à l'intérieur et referma la porte.

Une lueur dans le vestibule, au bout du couloir, révélait que quelque part dans la maison il y avait une source lumineuse.

Surpris, oppressé, Diederik découvrait les mystères de la conscience humaine. Quelque chose qu'il n'avait pas pu ou pas voulu se rappeler, du moins entièrement, au cours des années écoulées, surgissait à sa mémoire, comme embusqué de longue date. Il s'effraya de sa réaction, de cet oubli inexplicable qui l'avait aveuglé. Comment est-ce possible ? pensa-t-il, comment est-il possible que j'aie oublié ?

En silence, il suivit Nora dans le long couloir, en silence il la suivit jusqu'à la source de lumière : dans la pièce que les sœurs Lunius avaient utilisée comme salon pendant leur séjour, brûlaient des bougies plantées dans des bouteilles posées sur le sol autour d'un monceau de chrysanthèmes, de dahlias et de grappes de baies dorées, toute la vendange tardive du jardin de Nora. On aurait dit qu'un lit de fleurs avait poussé sur les planches. Les meubles, les tapis roulés et des cartons contenant des bibelots avaient été poussés dans les coins. Le vent secouait les volets clos. Nora se retourna vers lui. Ses yeux et les gouttelettes de pluie dans ses cheveux brillaient à la lueur des bougies.

"C'était là. Tu y penses encore quelquefois ?"

Diederik comprit qu'il ne pouvait pas dire la vérité, il sut brusquement pourquoi il ne le pouvait pas. Il fut envahi de pitié pour Nora.

"A cet instant, oui, j'y pense", dit-il doucement. Il voulut lui faire un signe de tête encourageant, pour lui signifier nettement que le passé, en ce qui le concernait, s'était mué en un sentiment chaleureux et sincère d'amitié ; mais ce geste, il le comprit, était impensable à cet instant. Ce qu'elle espérait, ce qu'il savait maintenant avec certitude qu'elle attendait, n'était pas davantage possible : jamais plus Diederik Meening et Nora Bloemcamp, la tête couronnée de fleurs, ne célébreraient la fête d'initiation à l'amour charnel, coupés du monde, dans un climat de mystère, d'interdit, aussi magique que l'œuf translucide qui enferme le couple d'amants nus, sur le tableau de Jérôme Bosch *Le Jardin des délices*. A contrecœur, il regarda l'arrangement de fleurs et de bougies, si étrange, presque lugubre, comme un autel sacrificiel ou une tombe fraîche.

"Non, Nora", dit-il en réponse à la question que supposait le geste de celle-ci.

Nora laissa retomber ses bras. "Wanda est partie !"

Le ton sur lequel elle prononça ces mots inquiétèrent Diederik encore plus que son regard.

"Wanda a besoin de se retrouver seule quelque temps, mais elle reviendra."

"Tu le penses vraiment ?"

"Bien sûr !" A cet instant, il crut presque à ce qu'il disait.

"Tu veux qu'elle revienne ?"

"Mais Nora !..."

"Elle ne te mérite pas !" Il vit comment des larmes lentement laissaient des traces brillantes sur ses joues. "Elle ne te veut pas !"

"Maintenant, ça suffit, Musy, lança Diederik, en se forçant à rester calme. Tout ça n'a pas de sens ! Nous n'avons plus dix-sept ans, il y a un siècle de cela !"

"Tu ne peux pas effacer ce qui s'est produit."

"Qui parle de l'effacer ? C'était beau, mais c'est fini. Nous sommes des adultes avec de grands enfants."

Nora avait l'air si misérable, mais son instinct lui dit qu'il ne devait pas la toucher. Il attendit, fixant le sol. Il régnait un silence de mort dans la maison vide, seules les bougies grésillaient faiblement.

“Va-t’en, dit Nora, d’une voix blanche. Je vais t’envoyer Lenny.”

Diederik tourna les talons, enfila le couloir et descendit. Quand il fut dans le vestibule, il entendit sur le palier du premier étage ses pas précipités et trébuchants. Penchée par-dessus la rampe, elle hurla : “C’est parce que mon père était fou ?”

Sa voix poursuivit Diederik. Elle lui résonnait encore aux oreilles quand il courut dans la pluie et écarta les buissons ruisselants pour entrer dans son propre jardin ; plus tard aussi, quand il fut à l’intérieur de sa maison obscure.

Elle avait raison : cela ne pouvait pas être effacé. Ce rituel précoce d’une nuit de printemps, il y avait bien longtemps, commencé comme un jeu, avait en réalité signifié un adieu à l’état d’irresponsabilité qu’on accorde aux enfants. Nora et lui avaient bravé le panneau “Entrée interdite” et pénétré dans un domaine qui obligeait à accepter en adultes les choses de la vie. Le sentiment de culpabilité qui le tenaillait à propos de Wanda se doubla d’un sentiment de culpabilité vis-à-vis de Nora. Il avait éloigné Wanda par un trop-plein d’attention, par la démonstration appuyée de son sens du devoir ; à l’inverse, il avait blessé Nora au tréfonds de son être par son oubli – un processus qui s’était enclenché au moment où, conformément aux vœux secrets de ses parents et aux lois non écrites du quartier, il avait commencé sa vie d’étudiant, sans avoir de “liens”.

Il prit conscience que cet oubli était l’envers d’un sentiment étouffé dans l’œuf où auraient pu s’épanouir toutes ses capacités potentielles à aimer, en tant qu’amant, en tant que camarade, en tant qu’homme parmi les hommes. Il avait submergé Wanda de marques de passion et de dévouement qui en fait ne lui étaient pas destinées. La jeune fille vers qui se portèrent ses désirs avait disparu, irrémédiablement, dans la femme qui s'appelait maintenant Nora Munt.

Il y avait des lois de causalité qui lui échappaient, qu'il ne pouvait expliquer à l'aide de calculs et de formules. Avec le problème que lui posait maintenant la situation, c'était la paix de sa conscience qui était en jeu.

36

Nous sommes conscients que ce "nous" est fait de voix alternées comme le chœur d'une tragédie antique, mais dans notre cas – exactement comme dans l'Antiquité – ces voix alternées traduisent les nuances, les degrés d'une seule et même manière d'être. Quoique nous différions individuellement entre nous et que nous puissions nous diviser en groupes plus ou moins conservateurs ou progressistes (et ce n'est pas seulement une question d'âge), en tant que collectif, nous formons en toutes circonstances une entité vraiment soudée. Et si nos maisons affichent chacune son propre style architectural, elles ont un point commun : ce sont toutes des "monuments". Nous croyons que notre force réside dans l'opiniâtreté avec laquelle nous tenons à l'ordre des choses pour le quotidien, l'immédiat, ce qu'on nomme si souvent avec mépris "le matériel".

Pour nous, tout va bien, le village a connu une belle expansion et est devenu l'une des localités les plus importantes de la zone verte, située à l'est de la Randstad. Ce qui nous pousse d'autant plus à maintenir le caractère propre et le standing de notre quartier, de prévenir que des enclaves opaques ne s'y créent où habitent des gens dont nous ne savons rien et qui ne veulent pas se faire connaître. Mais qu'un étranger n'aille pas nous taxer d'indiscrétion cancanière ! Chacun se défend avec les moyens dont il dispose, et les nôtres ont démontré leur efficacité au fil des ans. Dans le courant de l'été, nos sentiments à l'égard des sœurs Lunius ont évolué radicalement. Nous nous en sommes rendu compte au moment où cela se produisait, mais nous n'avons pas essayé d'analyser les raisons de ce revirement d'humeur. Qu'avons-nous donc attendu d'elles, quand nous savions qu'elles allaient venir ? Comment les voyions-nous, bien avant qu'elles ne soient là en personne ? Avec le retour de Félicia Van Wicke et Nina Sanglar, un peu de ce que les plus anciens et les moins jeunes du quartier croyaient à jamais disparu semblait devoir renaître : la classe, un parfum d'aventure et de romantisme. Peut-être y a-t-il une autre cause plus profonde, peut-être ne pouvions-nous renoncer à notre croyance que la Maison bleue avait une vie secrète et qu'un jour, enfin, avant la démolition, nous en aurions la révélation par la présence des deux sœurs.

Nous avons été trompés dans nos attentes. Nous n'avons besoin ici ni d'une pimbêche ni d'une bohémienne. Félicia n'a pas en réalité ce degré de raffinement mondain et de savoir-vivre qui pourrait servir d'exemple aux femmes d'un village néerlandais comme le nôtre, et Nina Sanglar nous fait penser à une clocharde, à une romanichelle excentrique. Nous n'avons rien retrouvé en elles du très honorable professeur Laurens Lunius et de sa belle Argentine.

Le charme qui émanait de la Maison bleue et qui prêtait aux deux sœurs une aura magique aussi longtemps qu'elles étaient ailleurs s'est retourné contre elles, est devenu maléfice, influx malin. Nous pouvons bien déblatérer contre Wanda Meening, mais le fait est que sa folie – si on peut la nommer ainsi – a commencé quand les sœurs Lunius se sont installées parmi nous pour la durée d'un été ; et c'est aussi le cas, pour l'isolement quasi pathologique dans lequel vit actuellement Nora Munt.

Mais l'intermède avec les deux sœurs appartient au passé. Pour notre part, elles ont rejoint les contrées du souvenir. Nous voulions voir en elles une légende vivante, le passé, mais présent, d'une manière visible et tangible : un désir paradoxal ! Comme si nous pouvions oublier que tout change continuellement, nous-mêmes, le quartier, le monde autour de nous. Peut-être le séjour de Félicia et Nina nous aura-t-il appris cela ; en tous les cas, il nous a ôté notre réticence initiale concernant la démolition de la Maison bleue.

Dans quelque temps, on va creuser les fondations, et nous verrons s'ériger les piliers, les armatures métalliques dans lesquelles on va couler le béton. L'un de nous (la femme du président du conseil d'administration de la Fondation, ou le président lui-même, ou, qui sait, le maire en personne) posera la première pierre, c'est-à-dire, effectuera le geste symbolisant le début véritable de la construction. Alors la résidence "La Maison bleue" (qui n'aura rien de bleu) ne tardera pas à se dresser en dérobant à notre vue ce que nous pouvons encore apercevoir du pavillon des Meening et du bungalow des Munt. Qui viendra y habiter ? Des "seniors" du quartier qui veulent échanger leurs grandes villas difficiles à entretenir contre un appartement avec services de standing ? Des gens de l'extérieur, socialement bien placés, qui travaillent dans la Randstad mais qui choisissent de vivre à la campagne, dans nos calmes allées, plutôt que dans des endroits où le monde va bon train ? Quoi qu'il en soit, les nouveaux venus seront rapidement intégrés au quartier qui, à la manière d'un organisme vivant, encapsule tout ce qui le pénètre. La Maison bleue, qui préexistait au quartier, a toujours résisté à toute forme de pression extérieure ; elle ne se laissait pas enrégimenter. Nous étions subjugués par ce bleu, qui contrastait si étonnamment avec notre vert à nous, avec notre petit royaume evergreen. Mais nous ne comprenions pas que c'était justement ce côté réfractaire et fermé qui nous en imposait. La fascination pour le mystère contrecarrait les processus de croissance et d'extension mille fois plus naturels pour le quartier. Mais aujourd'hui, nos yeux se sont ouverts. Le tournant fatal qui s'est produit avec l'arrivée des sœurs Lunius toucha en priorité la Maison bleue elle-même : en l'espace d'un été, elle a perdu son lustre. Lequel d'entre nous n'a pas éprouvé un sentiment désenchanté à contempler ce qui restait de la villa jadis si imposante, quand les tuiles azurées furent enlevées. Un spectacle pénible, mais salutaire !

Ne nous accusez pas d'être terre-à-terre, de voir petit, d'être incapables de mesurer la portée de "ce qui vient de se jouer". Que représenteraient les destins des individus du quartier et du village, s'ils n'étaient accompagnés de nos *interrogations et de nos commentaires ? Notre présence est indispensable, même si nous ne pouvons pas intervenir. Nous sommes bien conscients par ailleurs que des paramètres nous font défaut pour comprendre la véritable signification des phénomènes que nous observons. Mais nous constituons un arrière-plan solide pour tous ces événements, parce que, si limités que nous soyons, nous serrons les rangs dès que nous sommes confrontés à ce qui ne nous ressemble pas. En cela, nous sommes des primitifs, malgré tous nos acquis modernes. Comme un chœur archaïque, nous exprimons des vérités simples, oui, des lieux communs, nous représentons l'homme moyen, celui qui est conservateur de nature et ennemi de la démesure. Pourquoi douterions-nous de nous-mêmes, pourquoi nous demanderions-nous si nous avons un avenir ?*

Nous ne savons pas tout, mais ce que nous savons, nous ne le gardons pas pour nous ! Nous n'aimons pas inventer, nous n'écrivons pas de romans.

Si le cœur vous en dit, à vous de tirer parti de nos nouvelles.

BABEL

Extrait du catalogue

583. PIERRETTE FLEUTIAUX
Des phrases courtes, ma chérie

584. ASSIA DJEBAR
Les Nuits de Strasbourg

585. HUBERT NYSSEN
Le Bonheur de l'imposture

586. ELIAS KHOURY
La Porte du soleil

587. ARTHUR MILLER
Mort d'un commis voyageur

588. HENRY BAUCHAU
Jour après jour. Journal (1983-1989)

589. WILLIAM SHAKESPEARE
Beaucoup de bruit pour rien

590. JEAN-PAUL GOUX
Mémoires de l'Enclave

591. PAUL AUSTER
Le Livre des illusions

592. REZVANI
L'Enigme

593. BARBARA GOWDY
Anges déchus

594. ZOÉ VALDÉS
Trafiquants de beauté

595. CATHERINE DE SAINT PHALLE
Après la nuit

596. JOSIANE BALASKO
Nuit d'ivresse / L'Ex-Femme de ma vie / Un grand cri d'amour

597. PIERRETTE FLEUTIAUX
Histoire du gouffre et de la lunette

598. ANNE BRAGANCE
Casus belli

599. ARNO BERTINA
Le Dehors ou la Migration des truites

600. CLAUDE PUJADE-RENAUD
Au lecteur précoce

601. LAURENT SAGALOVITSCH
La Canne de Virginia

602. JULIEN BURGONDE
Icare et la flûte enchantée

603. DON DELILLO
Body Art

604. JOSÉ CARLOS SOMOZA
La Caverne des idées

605. HELLA S. HAASSE
Locataires et sous-locataires

606. HODA BARAKAT
Le Laboureur des eaux

607. INTERNATIONALE DE L'IMAGINAIRE N° 16
Politique culturelle internationale

608. TORGNY LINDGREN
Paula ou l'Eloge de la vérité

609. IMRE KERTÉSZ
Kaddish pour l'enfant qui ne naîtra pas

610. ALBERTO MANGUEL
Dans la forêt du miroir

611. NAGUIB MAHFOUZ
Les Fils de la médina

612. SALVAT ETCHART
Le monde tel qu'il est

613. LAURENT GAUDÉ
Cris

614. FLORA TRISTAN
Pérégrinations d'une paria

615. ANTON TCHEKHOV
Platonov

616. MADISON SMARTT BELL
Le Soulèvement des âmes

617. GUILLERMO ROSALES
Mon ange

618. VÉRONIQUE OLMI
Privée

619. CÉDRIC PRÉVOST
Sain et sauf

620. INTERNATIONALE DE L'IMAGINAIRE N° 17
Le Patrimoine culturel immatériel

621. JAVIER CERCAS
Les Soldats de Salamine

622. JAMAL MAHJOUB
Le Train des sables

623. AKIRA YOSHIMURA
Naufrages

624. DALTON TRUMBO
Johnny s'en va-t-en guerre

625. COLLECTIF
Israël autrement

626. CHI LI
Trouée dans les nuages

627. ZHANG XINXIN
Une folie d'orchidées

628. JEAN-MICHEL RIBES
Théâtre sans animaux
suivi de Sans m'en apercevoir

629. REBECCA SOLNIT
L'Art de marcher

630. PAUL AUSTER
Constat d'accident

631. ILAN DURAN COHEN
Mon cas personnel

632. THÉODORE MONOD
L'Hippopotame et le Philosophe

633. KHAYYÂM ET HÂFEZ
Quatrains / Ballades

634. RAINER MARIA RILKE
Elégies de Duino

635. FRIEDRICH HÖLDERLIN
La Mort d'Empédocle

636. V. KHOURY-GHATA
Le Moine, l'Ottoman et la Femme du grand argentier

637. NANCY HUSTON
Nord perdu *suivi de* Douze France

638. MAJA LUNDGREN
Pompéi

639. ELIAS KHOURY
Le Petit Homme et la Guerre

640. COLLECTIF
Jérusalem

641. DENIS LACHAUD
Comme personne

642. JEAN CAVÉ
Une femme d'esprit

643. YOKO OGAWA
Parfum de glace

644. SONALLAH IBRAHIM
Charaf ou l'Honneur

645. TIM PARKS
Comment peut-on aimer Roger !

646. CLAUDE PUJADE-RENAUD
Le Jardin forteresse

647. HENRY BAUCHAU
Le Régiment noir

648. VÉRONIQUE OLMI
Numéro six

649. ANNE BRAGANCE
Les Soleils rajeunis
(à paraître)

650. NANCY HUSTON
Une adoration

COÉDITION ACTES SUD – LEMÉAC

Ouvrage réalisé
par l'Atelier graphique Actes Sud.
Achevé d'imprimer
en août 2004
par Bussière Camedan Imprimeries
à Saint-Amand-Montrond (Cher)
pour le compte
d'ACTES SUD
Le Méjan
Place Nina-Berberova
13200 Arles.

N° d'éditeur : 5536
Dépôt légal
1re édition : septembre 2004
N° impr. 043297/1
(Imprimé en France)